中国专业作家作品典藏文库

中国专业作家作品典藏文库

邹静之卷

人在江湖

邹静之／著

中国文史出版社

邹静之

目　录

第　一　辑

1

第 二 辑

第 三 辑

第 四 辑

第 一 辑

一天上午的周老师

周老师家有七个姊妹，她老大，没有嫁出去，找了个上门的女婿。上门女婿在村里当支书，人很高大，回家时帮着周老师烧火，出门骑一部红色的摩托车，从来不戴头盔。

周老师是村里的民办教师，教三个年级的语文。刚一出门就有小孩喊周老师好。周老师把漂着鹅毛的一盆水泼掉后，看着小同学说还要放牛呀，明天开学了。

问周老师一天杀几只鹅。说三只也有，两只也有。杀过后卤好，村里人只是家中来客了，才会来买，没事是舍不得吃的。买也只是一只鹅腿、两只鹅翅，做个掌菜的点缀。周老师边说边去门外抱柴。柴是山上劈下的松树枝子，烧火很硬，烟也有股香味。抱过柴后，一只母鸡在废纸箱子里下了蛋，周老师掸了掸衣袖抓了把玉米撒出门去，母鸡去吃玉米，周老师把蛋放进米桶中。摆好米桶后，周老师坐在一只小凳上洗一大盆衣服——吭！吭！吭！——衣服在搓板上搓得很响。这种声音在城里有几年都没听到了，北京一个朋友搬新居时募得一块很旧的木搓板，挂在

3

墙上当装饰品了。

周老师洗衣服的手刚在热水中扯过三只鹅的鹅毛，那种手是经年见水的模样，有裂口也有皱纹。

干着活，有一赤脚的小泥孩来买烟。周老师用围裙擦了手，站起来收钱拿烟。给烟时问那小孩，明天开学了，你去不去念书？小孩站着镇静地把一条垂下来的鼻涕抽回去，不说话。周老师说，你爸爸有钱吃烟，没钱供你上学？你对他说，你不上学烟也不卖给他了。小孩接了烟跑了。

周老师回到洗衣盆前去搓衣服。一个拄着竹杖的老人进来买鹅头。他说自己天天打吊针，精神也不见好，活不久了，不如吃吃。周老师在砧板上剖鹅，包好了送过去说，能吃就好。老人拿出一个塑料纸包，抽出一块钱。周老师说算了吧。老人说你帮昭昭的二女儿交了学费。周老师把钱收了，说不是帮交，垫上了。那孩子放牛时总在学校门口转，看了心里不舒服，都帮也帮不过来。

老人接过鹅头抖抖地走了。

周老师洗完一盆衣服后，又挑着桶去打水。灶锅里一直咕嘟咕嘟响着。周老师挑水的间隙加了一回柴，打开木锅盖用勺搅了搅，说养鹅的吃不到鹅，指望它换两个钱……

那天我们三个人从北京刚好到皖北的一个小村子。周老师连绵不断地干着活儿时，我们坐在她的堂屋中喝着她泡的茶。我们六只眼睛跟着她的手，跟着她进进出出的身子在转。大概我们都想过是不是能帮她做点什么，但我们又都觉得无从下手。她一件事一件事地干着，那些事像排好了队不紧不慢地来了，没有尽头。

她也许要这么一天一天做下去，做一辈子。她的忧伤和欲望都没有我们这几个闲在的人那么强烈，不断的劳动或他人的苦痛占据了她的心吧？我一直相信劳动最能平复内心，同时帮助别人也是幸福的一种。

我们要多花点钱买她的鹅肉，买她的酒，然后请她一起来吃，好像这能表示出一种尊敬和支持（吃喝可以表示支持真可笑）。

她让她的丈夫来陪我们，她说她吃不得油腻，自己卤的鹅从没有吃过。

驱　　赶

　　从场部到一分场有近三十公里，如果不背行李，要走五个多小时。路是沙石路，冬天很平，只是结硬的雪有点滑。

　　那天下午四点多，没能找到往北开的车，只有走。太阳快与地平了，这时它的温暖不是因为光，是颜色。田野中偶尔有没割尽的麦穗立着，风一吹，摇动，像海里的桅杆。

　　走路的声音，现在是大地上唯一的声音，脚踩在雪上，咯吱，咯吱，像给隐秘的时间上着发条。

　　走到九队边上的时候，地上的影子扩展着消失。傍晚，那些窗口还没亮灯。模糊中看见两头牛，站在一根柱子旁。

　　碰见那只黄皮子时，离九队已经远了，它正从一个小雪洞里把头钻出来。眼睛又小又亮，我们有短暂的停顿和惊讶。它离我只有一条浅沟，看着我，像一个小孩儿的目光，狡黠无虑。

　　这之前，我没有想到在寒冷的雪原下还有活泼的生命。它看过我后，掉转头不见了，那个小洞口，有温润的热气。我盯着那个洞口，希望它再出现一次。没有。看久了那个小洞像个否认，让人怀疑刚才黄皮子是不是真的出现过。

一个人累了时，喘息的声音就大，我不能走得太快，我怕把汗走出来。老乡说出汗长了不好，汗再出不来时，人就容易被冻透。……头发和皮帽子都结霜了，一张脸露在外边的部分越来越小。眼睛眯起，上下睫毛冻在一起，得用手指把它们化开。我身上不冷，脸有点麻。

星星不是一颗一颗出现的，好像一下子它们都被点亮了，先还弱，一会儿亮得像一天的白瓷点点。

星再多，给人的感觉也不热烈，寒星——它们冷漠，高蹈，不为所动。

走过科研站时，我有点困了，不再想还有多长多远的路。就那么往前走着，只听见踩雪的声音一下又一下。

没想会碰到狼，我应该想到，但没有。我对狼没有实际的认识，我见过它们。拉沙子时，看到过它们在河套中游动的目光，但不明确，那天之前"狼"对我只是一个字。

翻上南坡，看见了它。黑暗中的眼睛，绿的，冷的，一会儿熄灭，一会儿闪亮。我站在南坡上看着它，风把地上的雪刮起来，打在脸上，心里生出一股莫名的冷。

有关对付狼的办法，我知道两种：一是点火（我没火）；还有就是翻跟头——在雪原上不停地翻跟头，说可以把狼吓跑。我准备蹲下来翻。我翻了，星空颠倒过来。我对跟头的理解也许与当地人有差别，当我翻得天昏地暗时，看见那只狼还在那儿，一动不动。它看我的目光镇静而威严，它像一个观众样对我的表演

7

有点失望。掸雪的时候我特别想喊，但怕激怒它，它确实是只狼，在星光下，非常清楚。

我不想再翻跟头了。我没劲了，我想继续走下去。我怕接近它。我想到死的时候，脖子撕一般地疼了一下……它会从这儿下口，狼都这样，咬你的脖子。我看见过被咬死的猪，脖子稀烂，肚子稀烂。我开始对脖子担心起来，尽量地低下头。也许我应该回去，沿来路再回去。但我突然觉得它会跟着我，猛地将两爪搭在我肩上……我不知该怎么办，站着。

我想起非常远的城市、母亲、家和七岁得猩红热时的情景。我觉得我确实走得太远了，我到了一个边界——生死的地方——南坡。我站着，身体像一个影子没有感觉。

狼蹲在雪地上，我也想蹲下，但我怕那样会站不起来了。如果这时有辆车……

我回头看了看，不会有车。

我得走，迎着它也得走，否则过一会儿就会冻僵。我开始走，下坡，毛孔都爹开了，心悬着。我往坡下走，尽量不触动身边的空气，想消失自己，想就这么消失了也行。我谨慎地踩着雪，越近，越冷。我怕自己坚持不到它跟前……

我开始说话：邹静之，一九六九年八月从北京来到北大荒，祖籍江西，现在一分场直属排当农工，今年十八岁，属龙。曾在有色冶金设计总院子弟小学读小学，语文老师刘令凤，算术老师史雁群……

星光下我听到自己的声音像是从耳朵里发出来了，它们很清

8

楚，说出后就在雪野上散落。我一句接一句地说，中间夹着一段小学课文："昨夜入城市，归来泪满巾。遍身罗绮者，不是养蚕人。""秋天来了，一群大雁往南飞，它们一会排成一字，一会儿排成人字……"那只狼站直了，它看着我。我坚决地在路上往前走，嘴里不停地背着同学和亲人的名字——图南、程建平、毛大鹏、邹静远……

它转过身去了，它听着我坚定的话语，向公路下的雪野跑去，向西南方跑，朝着一个星座，身体贴紧夜，跑远了。

剩下的一段路，我匆匆地走，嘴里不停地说着。

那个夜晚，亲人的名字神灵般地在那个星空中闪烁，我得到了另一种驱赶野兽的方法。

美人与匾

　　爱看街上的两样东西，美人和匾额。漂亮的人一入目就想多看几眼。二十来岁时从北大荒每年只回北京一次，下火车先一个感觉是美女如云，大街上的女人都那么漂亮。那时看人不敢正视，一晃而过，再看时已是背影，只那一眼有时还不免脸红。遇有极美的，看一眼后，头也不敢回，想那"美得不敢看"的话是不错的。

　　以后回了北京，成婚，生子。再看时，就少了耳热心跳之感，直直地盯过去，看后走路，再美与自己无关，不过看还是要看的。只有一种情况不看，即与妻同行时，目不斜视，眼光落处大约在妻的方圆数米。确实有过我正看着那人儿，妻在一旁冷眼看我的情况。那时她会说我的脸像写满了字的情书。说得准确而尖刻，我无言以对。

　　看匾额、招牌也极有意思。谁的字，看多了一眼能认出来（这只限于北京，且是那些名人、书法家的字）。有时走在街上，离远了一看，自己就与自己打赌，那是某某的字，近了一看，正着。平白地在街上笑笑，一副小人得志的样子。有时看错了便不服，左看右看，末了说一句此人必学某人，没大造就，聊以自慰。

除了读书法，还读文字。老字号的文字据说有典，我不知道，只觉得是把好字眼连起来的意思，"盛锡福""瑞蚨祥""瑞厚珍"一看就老，就像有故事。新字号简单，与时代有关，"红光""新风""胜利"等等。有些字号是怎么也琢磨不透的，如"力力"（郭沫若题的匾）、"都一处"等，着实地看一遍想一遍，没想出来。想进餐厅问问，怕遭白眼，就存疑在心多年了。有些店名起得不好，如饭馆叫"闻香来"，我想对顾客有大不敬之嫌；再有每天上班的路上，新开了一家意大利饼店，叫"必胜客"，怎么读怎么不敢进去吃，开张至今未见红火过。真想劝老板改个名或把文字颠倒下叫"客必胜"可能会好些。不管如何，饭馆叫"大得利""多多"不如"微利""都利"让人觉得踏实。

再有饭馆橱窗兴起贴字来后，曾看见一家馆子贴着：

大家小便
饼常吃餐

正确读法该是"便餐小吃，家常大饼"，不过是个人就会把第一行"大家小便"读出来，不知出焉入焉。

由读招牌到标语口号也读，实在是认字后的恶习。"文革"时常读的是"砸烂""打倒""蒸""煮"等等（终归觉得没有"打翻在地，再踏上一只脚"来得有英雄气）。再后来的标语大多与交通或计划生育有关，街上这类的句子很多。

最近去浙江，火车过北方村舍，一远处红墙上用白粉工整写着"一胎上环，二胎绝育，杜绝三胎"。这标语恰被车厢中一与我有同病的小姑娘读了出来，被她母亲厉声喝止，大家尴尬。想标语确实是让人来读的，小姑娘没错，但那标语真是难以口号般地喊出来，真真地写得太明了。在此我要声明一点，我是计划生育的坚定支持者与执行者，只要了一胎，现在还后悔，早知如此劳心，不生也罢。

读过的标语只有两种记了下来，一种是好的，一种是坏的。那种司空见惯的口号读过百遍也没有一丝印象，可见语言是宁可怪些，也不可太正常。在浙江观光时遇一佛教大丛林，没想到出家人与俗界人同，爱贴些标语、字报种种。最常见是"广种福田，某某随缘××元"，以钱多少而排列。遇一极有趣的小标语"五百罗汉在楼上"，读着亲切，像那些罗汉在楼上开会或坐等一般，唤你上去喝茶闲谈。这标语是越读越出味，读多了罗汉就是现时的活人了。

寺庙也防火防盗，并以标语警之。北京此类标语极简单，"注意防火防盗""防火防盗，人人有责"。再没见过那么精彩的浙江寺庙中的这类标语了，录下：

贼偷一点火烧全光
天天防火夜夜防盗

其文学中的精彩之处，读一遍就能读出，这"一点""全光"之比，"天天""夜夜"的变换，实在是生动。我不知这标语是寺庙的专利，还是由俗界流入。读过后曾想，如有一天单位让写此类标语，当抄录，以求发扬光大。

真正想写此文的起因是最近去承德，所住金山宾馆外有一大体育场。出门在外，总是睡不好，早早去体育场看人运动。边看边呼吸，将对面山上的绿吸进胸中，很觉畅快。站累了回住处，这中间有一处人防工程改成的舞厅，舞厅外标语大多是"人防工程人民修，人防工程为人民"类。也是那天早了点，看有别的文字，就站下来读。这一读，读出篇奇文来，读过一遍，又读一遍，然后急急地回宾馆，带了笔记本，完整录下（括号内文字是我读后的心得）。

舞会的十条要求

一、服饰要得体。

二、保持清爽。（此两条乃本分要求。）

三、肘部勿上提。（初不解，误以为对舞蹈动作之要求。后知是故意撞人的举动。）

四、切勿将舞伴抱向自己。（此处"切勿""抱"用得好，使人一惊。）

五、女子应配合男伴的舞步。（强调女子要配合，其从属地位定。）

13

六、男子的膝盖勿紧凑向女伴。（大惊！已超出对舞会之提示，进入道德范畴，此条一出，膝盖先自软了。）

七、切忌抢镜头。（至今未解什么意思，抢舞伴？抢风头？抢镜头？不知。）

八、不要与众不同。（由道德范畴转入思想品德、行为举止教育。）

九、切忌心不在焉。（到舞会干什么来了？心不在，人何不也去远？这条也许是对交际厌倦症的提示，当兴奋又兴奋。）

十、切忌乐不思蜀。（好！精彩！谨防第三者插足，家中尚有亲人盼你平安回家。乐可以，蜀尚要思，先乐而后思。再对未婚者便是提醒你不要太乐了，居安而思危，跳舞时该想到苦难。）

抄毕，回住处，鼓励同事对舞会要求做充分想象、发挥。鼓励、激励、鞭策之后，大胆者说出个"不要接吻"。待我大声朗诵了抄来的奇文后，众人皆惊，公认此必奇人所撰。其容量凡政治、道德、人伦、舞姿、礼仪均有涉及，可谓大。想象丰富，用语准确、大胆，超乎一般舞者之想，可谓精彩。

议后，众人再去读了一遍，更觉其文之奇。是日同行者：王燕生、唐晓渡、朱先树等数人。

写给自己

东　方

太阳由东升起，高而南，落时西，北一直是背阴处，所以有东南西北这一顺序。

东第一，没什么可自豪的，太阳先照到你，太阳也先离你而去。

一老外（西老外）学会围棋后，向另一老外说我最近在玩一种东方游戏。他用了"东方"这个词，他说不用"东方"这词，那老外就想不出围棋是什么。东方是神秘，是复杂，是深不可测。

问他，东方这词在他感觉里是早晨，还是傍晚。说是傍晚，是夕阳西下，暮鸦投林。

（反了！太阳从西边出来了。）

想想也没错，彼时已照过我，此时不妨照照你。太阳有照过去再照回来的时候。

再问他傍晚的故事多，还是早晨的故事多。说自然是傍晚，傍晚一个白天都过了，经历多多。东方亦如此，东方有恐龙化石，有猿人头骨，有金字塔，有佛经，有围棋。东方很老，像人类的过去。

问他我们该为过去自豪呢，还是因了过去而现在忧伤。说谈不上，既是人类的什么都得接着。再说了东方在哪儿啊，往东再往东？别忘了地球是圆的。

他得道了。

北京人指路爱说东南西北，但这四个字后绝不加"方"字。向着东方走吧，这不像指路，像童话剧中的台词。东加上"方"字就显得那么远了，甚至想都不能到达。西就更不能加"方"字，"西方正路"是出殡用语，西是魂灵的居所。

唐僧一生之功德是从西天取经回东土大唐。那时称西天的地方，现在也属东方。如今的西天在哪儿啊，往西再往西，会不会出了地球。

一地景象

碗碎了，刚还在手里，因为滑，因为无意，像等待已久的逃

16

脱，它坠下，啪的一声——两只手再不能把它端起。

一些碎片崩出了很远，像理想中跑得最快的早期浪漫部分。

有的很重，就在脚下，它们有近乎完整的残缺，是生活中的具体，抛也不能抛远，它的跟随是那样地让人挥之不去。

那带有残留粉釉的碎片，大概与情爱有关。它的破碎更像被打断了的春天，它那样地被损害了，很小，照出一些模糊的脸。

一只碗碎了，在响之后，是五彩的分离，是只言片语，是碗在完整时，无法表现的一地景象。

不足为外人道

有方古朴的石砚，有块"金不换"的墨，有支先前很白很白的"中白云"，左手研墨，右手卷一册汉简来读。读至心通了，墨浓了，蘸好了笔，这时面对着那张白纸的感觉，真像是要去茫茫宇宙中投胎。

这日子该多么有滋味，不足为外人道……

以上是我的一个梦，像马丁·路德·金的讲演题目《我有一个梦》。

不可比的是我这梦有点腐朽，很不上进。它会使亲人的脸严肃起来，使那些从声色场晚归的人说你像前朝的人。你辩解说这是现在提倡的休闲，人家更觉你不伦不类。

那些大张旗鼓，穿着休闲服饰，把闲布置好了去休的，把闲休给别人看的人（虽然看着忙了点乱了点），才配说是休闲。你也叫休闲（你也配姓赵），你既没有休闲的行头，又没有休闲的缘由，你那"闲"实在是淡得很。

麻溜想办法多挣钱去，"休闲"这词对你太奢侈。

坦白的瓜

一个西瓜，买回家，剖开是臭的。它的表皮光滑，体圆而脐缩蒂老，拍之"嘭嘭"，无不应好瓜之律。

但它是臭的，这真让人惊讶。一个臭瓜和好瓜没什么区别，且都要花钱买回来。实在说，买一个像好瓜样的臭瓜回家也是件难事。我做到了，没有什么感想，特别想笑。

毕加索把人画得怪怪的，他的立体主义绘画，有时可以使我们在看正面时，同时看到那人的侧面、反面。我们对那样的一个人充满了熟悉的陌生感——是一个坦白的瓜。

我还是不愿买一个坦白的瓜回家，那样会少了一刀下去前的疑惑和等待判断的乐趣。

这世界还是不知道的东西多，魅力也在此。

生活在别处

城市没有地平线，把眼睛放出去，放得再远也是墙。这时的人像被捆了一道又一道绳子，他的沉默是有理由的。

去旷野，你看到远处的一棵树，孤零零飘浮着。再远是天地的边缘，不是线，像两只轻轻要碰在一起的手，那种分开着的接触，像肉身追逐意念永不可抵达，看久了有种人未动而心已远的忧伤感。心不能把肢体运到眼睛看得见的地方，是活着的悲剧，像兰波的那句诗"生活在别处"。生活在我们看见的那个地方，当我们走过去后，发现它又在我们看到的另一个地方，永远在别处。

像地平线上，这时正有一轮大而红的落日，你看见了，但你走不进去。

"生活在别处"的人，比一个整日看着墙"生活在此地"的人，多了一种无奈，也多了一种理想的力量。

逃出惯性

车没赶上，在看见它的一刻，开走了。

它使下一个目的变得遥不可及，那个时间，那个时间中的人，那个预料中的生活都将改变。铁轨空着，像两条光，把原该有我的车带远了。

不知怎么办，没有想过，以下的时间，像游离典籍的闲散文字，没有链条；像即兴的剧情发展；像停电了，我们找寻蜡烛，在黑暗中摸索的一刻。那以下的时间不知将被谁来安排。

平日很熟的街上，有人在刷牙，有一个小孩上学时手里有一根油条……是一种淡散的感觉，暂时失去了目标，抬头看见的蓝天上有三两只鸟，这样的早晨，像过去的时间又回来了。

你买了一本书，你去公园看书。

你知道你会到达，但还要过几天。

写给自己

在床上看书，在深夜的床上，看一本举着不累的书。书上的文字和这个夜晚有了关系。几千年前，那个写书的人本没有想到，会与一九九四年七月一个失眠的闲人有关系，倒应了那句话"文章千古事"。

每个人心里都有本大书，有的人能写出来，有的不能，大多数不能。大多数人没想到要写，他过日子，今天或明天，一天连着一天，他对日子的认识比书充分，他读书也是为过日子。

这世界丰富得好像并不缺谁的一本书，尤其不缺你非要写出的那本（看了图书馆的书架，体会更深），你别把旗号打大了。

但话说回来了，这世界多一本书，少一本书，毕竟不同，对个人来说就更不一样。那你就写一本吧，写给自己的，那有种孤独的亲切感，能结善缘。

春天的指尖

喝茶时，浮在上边的叶儿被吹开，漂走后，又来。

她没有沉下，像一个想闯进嘴里，给大神一点滋味的殉道者。

是一枚春芽，张开时，她的心舒展。那个齿形的边缘，联结着春天的一个早晨和采茶女的指尖——该有双倍的滋味。

　　她被采下了，不知在哪座山上。她离开的枝头又是冬天。她那样青青地离开，经过火和煎炒，她的枯黄像加在一起的一百个秋天。她是茶，被清水泡开时，似打开的一张旧照片。

　　她浮着，在唇边坚韧地不去。她被吞下，被牙齿磨动，她微苦，咽下……有失去后的清凉和满心惆怅。

听一次"法多"

在葡萄牙的布拉加市，住在一个叫依里瓦多拉的旅馆。这个旅馆很古老，在山上。我的房间里有床还有一张很老的书桌，胡桃木的，这房间不缺少什么，多的是老旧。我拿出本子，想在这桌上写点什么……没写出来，一张好桌子并不能同时提供你好的文字。它太古旧了，旧得让你俯首生畏。在这张桌子上能写出什么呢，也许累了趴在上边能做出些不一样的梦。

我伏在桌上试了试，跟我家里的桌子大致一样——不舒服。屋子里有一张很干净的床，卧具散发着清水的味道。我虽然迷恋这张桌子，但不想为了做一个也许做不出来的梦，把床空着，我在桌子上撑起手臂，想到了自己毕竟是个俗人，不能干那种伏案而眠的雅事。俗人要认清自己。

我睡了，在铺着白床单的床上沉沉而睡。

照样做了梦。我梦见夜里，白云从阳台涌了进来，托着我起伏而去，所到之处是我二十年前下乡的一营四十二号地。冬天的四十二号地厚厚的积雪一望到天边。积雪上纯净得没有一点痕迹，是那种风还没有在上边经过的积雪。云把我放在这雪地上，再涌动而去。我在雪地上躺着，看着蓝天——终于被冻醒了。

醒来是深夜，很深。被子掉在了地上，在依里瓦多拉的旅馆，我只做了一个这样的梦，没有一丝异国情调。那年我在四十二号地锄草的时候，从没有想到过将来有一天我会在葡萄牙的一家旅馆睡觉，这不是有没有雄心大志或有没有理想的问题，实在是这个世界被推动得过于零乱了。我们想象到的或想不到的世事正在到来，这是活下去的理由。

安排我们去听"法多"的那天，也安排了一场秋雨，雨不大，人们在街上缩着脖子，街灯把雨照得很清楚，一粒一粒的雨，有的圆些，有的长些，有的很细微几乎不存在。在这样的雨中把头发跑湿了，然后坐在粗橡木的桌椅上托着一只精美的酒器喝红酒。那种真实时时都有不真实的感觉。

"法多"（fado，葡语，亦称"法地诺"fadinho），盛行于葡萄牙的一种咖啡馆或街头的歌舞。源于里斯本，吉他伴奏，边舞边唱。

演出前，两位抱着吉他的汉子坐下来先弹了一阵子，那两把吉他都不是我们常见的吉他，一把更大些，一把小些，是分解和弦的弹法，几乎没有抚弦——西班牙的弹法。酒馆房顶有拱，安静下来细微的声音可以传到每一个角落。

演员从酒保端酒的门里出来了，一个声音哑得和她的面目不相称的女演员，开始唱"法多"，边唱边舞。能听懂的酒客们跟

23

着她的唱击掌，大笑。她在唱到高潮时，突然把嘴吸起来，往里抽气发出连续的接吻的声音。酒客们都效法起来，身边六十多岁的老头儿也那样做着——一片春天的声音。我鼓起勇气也想发出一声来，但稍稍有一点不得要领，以至那声音挣扎了一会儿，实际上没有发出来。潮声过去，女演员在人们兴奋的余波中拿着一只篮子开始推销自己的磁带。大多数人没有买，因为她走近时可以清楚地看清她脖子上的皱纹。

在我看，"法多"与西班牙的"弗拉明戈"没有多大的区别，只是跳舞的方式不同罢了。这两个国家的区别在这两个国家人的心里，外人难以道出。

当男高音从那个门里出来时，节日已经演过几个了：有年轻的四对舞蹈，女演员的联唱……

他披了一件聂鲁达披的那种斗篷，一块毯子中间挖了一个洞，把头插进去的那种。他的斗篷是全黑的，灯光这时也黑了下来。

他唱的是另外一种"法多"，葡萄牙中部科英布拉一带的风格，很抒情，有点忧伤，有点失神。他唱得镇定而专注，声音很年轻，中声区美妙极了。他一动也不动地站在黑斗篷里唱着，没有动作，也不表演，弱音时非常抓人。唱完了大家都为他鼓掌吹口哨。

他好像从歌中出来了，显出一点高兴。最后一首歌他要求酒客唱轮唱的部分。大家零乱地唱着，高音大概到了 G，当他面对我们时，我把这个音清楚地送给了他。他有点惊讶，他走近了——一件黑色的斗篷，他看着我，用食指按着下眼皮，那只眼睛很近地对着我。我冲他笑着，他很风趣地表示了在人群中对我那一声 G 的关注。

我们买了他的磁带，大概有三十分钟的"法多"。

在去科英布拉的高速公路上，他的歌声一直弥漫在秋天的风景中。我因为他的歌声而记起了很多东西，但没有梦中的四十二号地那么远，人在清醒时是走不出多远的。

卡雷拉斯的鲜花

卡雷拉斯在台上演唱时，得的鲜花特别多，除了鲜花外还有女士为他洒下的泪水。

我问过身边的几位女士，三大男高音中更喜欢哪一个。说得最多的是卡雷拉斯。为什么？说他让人同情。再问为什么。说：他得过那么重的病（血癌），还要为我们唱歌（"我们"二字真多情），且唱得那么诗意，谁能不喜欢他呀。另位女士说：在他身上我能觉出怜爱，我们有无尽的温柔和关切可以摆放在他的身上，而其他两位好像令我们这么丰富的情感无处搁置。

她说了"怜爱"两个字，这使我耳目一新。

我一直以为在女士中施瓦辛格是最具魅力的。

日常生活和电视中近几年发现了越来越多的女球迷，她们看足球主要不是看那只球，她们更爱看踢球的人。她们相对地喜欢瘦弱的前锋，我碰到过许多喜欢巴乔的女球迷，她们异口同声赞扬的不是巴乔的球技，是他脸上孤独和忧郁的表情。她们总是说：他那么瘦小，在那么多大块头中间，多让人担心啊。

这让人想起《白蛇传》。一个女子大概并不是像寻常所说那样，只愿扮演一个被人百般呵护的娇羞人儿。她们也想提剑四顾，让夫君躲在自己的香肩榴裙背后，为他拼一下命，做一次他的依靠吧。

男子很难明了这一点。我有个朋友从来英雄气，遇不快事，从不与爱人道。有一次看他发烧三十八度还是在沙发上端坐，问他为什么不躺倒，说不想让爱人看见自己软弱的样子。可怜那娇妻有一腔的柔情无处施放，后来日见隔膜，散了。

他非常不解，与我来理论。

我说让女人擦眼泪并不伤英雄气，辛弃疾不是说过"倩何人唤取，红巾翠袖，揾英雄泪"吗？多悲壮啊。再说了，女人不是只要你给她抹泪，她也是极想为你疗伤的。你不给她这机会，她当然要走。他很想不通，说：英雄还英雄错了吗？我说英雄也不能让你一个人当了，不让她做一两回英雄，她当然不快。

他听了以后，还是觉得没有道理，走了。

其实我也不知道我这些话有没有道理，就是有道理，大概只对某些人有道理，对某些人可能就没道理。不过我只是觉得现代的女子，像那部《简·爱》的结局一样，罗切斯特盲了，简·爱反而更要回去。倘罗切斯特还是骑着马威风地从她身边驰过，她也许就不想回去了。英雄不必硬充，卡雷拉斯也不是那么容易当的。

女儿的作业

过元旦时女儿的语文作业，有一项是把综合练习作业本重抄一遍，从题到答案一字不落地抄，大概有一万来字。此为三项作业中的一项，女儿学会了熬夜，元旦那天写到凌晨三点。女儿六年级。

昨日看到一幅画，题目是《陪读》。儿子深夜在写作业，父亲坐在叠高的椅子上，发悬于梁，满地烟蒂，苦熬等孩子作业写完——是个好父亲。现在某些教师的能力已经深入到了家庭。听一朋友说，家中电视从不敢看，曾遭过孩子老师批评，说孩子苦学，家长看电视，不是为父之道。这样的老师大概能使整个家庭笼罩在苦读的氛围中。

我不是个好父亲，我先是没有头悬梁陪女儿深夜写作业的精神；再有，她的作业，我也大多不会，陪也帮不上忙。我没想到语文的教法已经深入细致到字典词典内部去了。女儿的作业要花很多时间来分析字，如："瓮"是什么部首，它的第七画是点还是折，它的声母是什么，它的韵母是什么，它有多少义项……这很像在抢辞学家的活，我不知道学得好的同学是否已经是半个文字学家了。也许我们需要全民族都成为文字学家，把一部部字典都装进心里。我曾对女儿说这没用，你学会查字典就够了，字典是工具，而你不必成为工具。女儿不听，她尊师敬道。

有一天，她问我"灰溜溜"怎么解释。我想了一会儿，问干吗解释这个词。她说是作业。我说这个词你会用吗。她说会，很快造了句子。我说这就可以了，关键是会用。解释"灰溜溜"这种词毫无必要，就像解释"馒头"这个词没有必要一样。女儿不屑，她认为我从没有学好过语文，连小学的问题都答不出来。我不知道这个世界上的每个词是否都有再用语言来解释一遍的必要。如果不是，就该放孩子们出去玩玩。我想小到"灰溜溜"这类词，也要用书面语去说它一遍，那在这个世界上我们要学的东西就太多了，我们确实不必在"灰溜溜"面前灰溜溜。

每临考试，回家的作业大多是做卷子。卷子很长，女儿他们称其为"哈达卷"，挺准确，像一条长长的哈达，从桌子上拖了下去。她吃完晚饭就俯在上边写，一条"哈达"写完了还有一条。有时我路过她的房间，她的影子借台灯的光投在天花板上，那影子没有什么光彩。我从没有借这个影子想象出过什么杰出的人物来，没有爱因斯坦，也没有惠特曼。我的感觉是一个作坊里的小工在干她最厌烦的活。我曾看过她的数学作业，对格式和步骤要求十分严格，不厌其烦，明明可以综合列式子的，也要求分步；一个式子之后还要有语言阐述（干吗非要把简单的复杂化，他会做就证明他是明白、清楚的）。我不知道为什么总把聪明的

29

孩子们当成白痴来教。他们其实非常灵动，他们比我们想象的机敏得多，但我觉得那种教学好像就是非要压制住他们的活跃。很多时候这样的教学像是想验证一下谁更按部就班，谁更能掌握僵死的程式。

有次经我检查过的语文卷子错了很多，不仅是家人，我也开始对我的语文程度怀疑起来。有两条错误是这样的：题目要求，根据句子意思写成语。有一条是"思想一致，共同努力"，女儿填"齐心协力"，老师判错；还有一条"刻画描摹得非常逼真"，女儿填"栩栩如生"，老师也判错。我仔细看了，不知错在哪里。女儿说第一条应是"同心协力"，第二条应是"惟妙惟肖"。这真让人吃惊，我不知道"齐"与"同"在这儿有什么区别。按《新华字典》"齐"字第三个义项就是同时、同样、一起的意思，并举例用了"同心"一词。该用"同心协力"时用"齐心协力"，谁能说这是错了。女儿说：标准答案是"同心协力"，其他当然就错。真可怕，语文什么时候变得比数学还要精确了？中国语言之丰富，词汇之多，所谓同义词、近义词，相应不止一条，怎么就会有一个答案呢？那第二条，我觉得题目的意思，栩栩如生甚至比惟妙惟肖更为准确，"妙"和"肖"与"如生"比，哪一个更与"逼真"这个词接近呢？关键争执还不在此，把对的说成错的，就不仅是误人，实是害人了。还不止害一个人，害了一代人。实际也这样，我反复怎么说这两条都没有错，女儿也不信，她视老师为绝对权威，老师以标准答案为圣旨。女儿把她原来活跃、灵动的心收起来了，从她心里把那两个词赶出去了，她将接

30

受别人给她的标准，来谨慎地使用词汇，她以后可能会像收音机一样地说话。那天，她按老师的要求把错改了十遍。我那一刻心里只有一个词——残酷。

这样的例子非常多。

我不知道"挤眉弄眼"为什么只能算神态类的词，而就不能算是动作类的词，神态和动作清楚的界限在哪儿？我也想不通表达"意外的灾祸或事故"成语意思的只能是"三长两短"。我最想不通的是考学生这个有什么意义。把一个词归于神态，或把一个词归于动作，对她应用这个词有什么作用？除限制别人的想象外没一点儿好处。古语说"文无定法"，如果真有那么死的标准，谁还会为"推敲"而推敲呢，诗人大概也不会再说"疑是银河落九天"这话了。

最奇怪的是，语文学到这程度，女儿的作文反而越来越差。她的作文几乎成了一些儿童八股的翻版。我的曾写过"圆珠笔在纸上快乐地蹭痒"这样句子的女儿，开始为作文编造她的故事，她非常熟悉表扬稿和思想汇报那类的文体。她的作文几乎是假话、假感想、假故事大全。她的同学几乎都写过扶老婆婆过街、给老师送伞、借同学橡皮那类的故事。他们快乐地共同编着一样的故事，然后套上时间、地点、人物三要素这样的格式，去到老师那儿领一个好分。他们老师说"天下文章一大抄，谁不抄谁是傻子"（我在书店看到过《儿童作文经典》这类的书，摆了一架又一架，我不知道"经典"这词现在已经变得这么随便。这些书的最终目的并不是为了提高你的写作能力，它向你提供些应付考

31

试的、可以改头换面的摹本。女儿说他们班的同学，写作文常找来相应的一篇，改个名字抄上去）。这类的书在我家附近的一间新华书店占了有几张柜台，买者踊跃。那些父母并不知道真写出好作文的人，是并不看这些书的。那天，我同时看到一个小女孩在柜台上认真地读《高老头》，问她为什么不买回家去读，她奇怪地看着我，说这样的书怎么可以买回家呢。我曾接触过一些大学生，他们看过的经典比我在"文革"当知青的时候还要少得多，他们不看巴尔扎克，也不看冯梦龙，他们不看金斯堡，也不看白居易。谈到希望，谁也不敢想十几岁的人能写出"野火烧不尽，春风吹又生"这样的句子来了。好像是文化提高了，好像是上学的儿童很多了，但我们看到的只是一个模子里走出来的孩子。

希望工程是为了救助那些失学儿童的，而我发现很多上学的儿童他们极想失学，女儿说一想到作业就要发疯，他们厌恶把他们当傻子来教。他们不想学那种一时有用（考试一时）、一辈子没用的东西。他们讨厌那个把简单复杂化的教法。他们讨厌作业，讨厌考试。他们讨厌评分的不公正和狭隘。他们厌学。

我也讨厌这样的学习法，我一直把家里深夜了还有一个在写作业的学生，当成是这个家庭的灾难。（听朋友说，她高中的儿子从没有十二点前睡过觉，想想真可怕。）我真是对她的那些毫无意义的作业深恶痛绝。我已经多次地怂恿她不写那些东西，就是不写，那实在是对人的智力的污辱。

（这是我在两年前写的一篇文章，不知为什么一直没有用出去。现在女儿已经上初二了，她的作业量没有任何改变。我家住在六楼，她每天回家的脚步声非常沉重，我知道那声音一大部分来自那个书包。我曾经幻想过把一个快乐轻松的女儿放进家门，而把那个书包关在门外，但那样的日子从来没有来到过。很多儿女还在上学的家长跟我说过，一家中最辛苦的是孩子，早上起得最早，晚上睡得最晚。但就是这样，别的科目我不敢说，就文学而言，我相信这些苦难的孩子们并没有学到什么。我的这次考上清华大学的外甥女，就基本没有写作能力，她从小学到高中一直在重点学校，她写作文就是为了应付考试，在她的文章中，我几乎没有看到过真正的心里话。很多人已经把文学看成一个附属的令人厌倦的东西了。这与使人生厌的语文教育是分不开的，我坚信如果按教科书中的方法来写作或欣赏文学作品，那将离文学越来越远。）

江山有种

　　我一连两次读错了封底那张画的名字，第一次读成了"江山有种"，第二次读成了"江山有精"，它正确的读法该是"江山有情"。我的眼睛确实花了。

　　比较一下，我竟喜欢第一次读错的"江山有种"。想江山一定是有种的，走在大江山上，你会累、会冷、会饿、会出汗、会感动、会大声喊、会可笑地吟出"一览众山小"、会赞叹，但江山不会与你的知觉、感觉相呼应，他一动不动，不动。他真要动时，也不会想到你，他跟你没关系，你站在山上用脚跺一下岩石，你的脚疼了，江风还是江风，山月还是山月。一片云在大地上走，那是江山和云的关系，你不在其中，江山几乎与你是隔绝的。江山如果会思想的话，绝不是你所想的那种思想。江山有种是因为他不听命于你，你看得再大的事，他都不会有感觉的。江山有种无情。

　　登过一次泰山，只一个人。登上去站在拱北石上已是傍晚，风云际会，人悬在天地间。当时想投下去也就投下去了，风不会止，云不会停，把自己想得再伤心也没用，江山还是江山。在那时候他并不安慰你，他不会像你的心一样翻卷着什么，他的冰冷让人清醒。

江山有种，是他的意愿不会被改变。春天绿了，桃花水向东流；秋天如果有红叶，山就肃杀起来，一身的血气。谁也不能改变他。四季中，春天是来，秋天是去；春天是打开，秋天是关闭；夏、冬是平稳，是转换中的静止。江山绿不是谁能让他绿的，他绿了，自己要绿；他又红，自己在红。花岗岩有几千万年才能生成，那是江山的一部分，在这几千万年中每一年都有绿，都有红，到时候就这样，谁能改变他。

说是打江山，其实是打人。打胜了江山姓你的姓，姓李也好姓杨也好，江山是不变的。那个山还是那个山，那条河还是那条河，他不知道一些人胜了，那些胜了的人也不能把一片江山折叠起来，打进包裹埋进棺材，不能像《兰亭集序》一样被殉葬。倒是人死了，还要借江山的一抔土来埋。你说江山姓李的时候，太阳、星星都不知道。这是大的，小的说河里的卵石也不知道。说是打江山，不如说去占个座位来得准确。

江山之无情有种，是他太重，太大。你怎么能轻易让他动一动呢？他要动一动，比如山崩地裂、水漫金山、坟开化蝶、六月下雪，都是人附会的。江山若有情，天下这么多伤心痛事，怎么感动得过来。"天若有情天亦老"，如江山有情，大概已哭得不成样子了。

江山无情，因有种的事物都是坚定、冰冷的。无情的江山可以抚慰有情的心，像昆德拉说的"非敏感性"，越是无情越可以抚慰。"我说的是'大自然的非敏感性来抚慰'，因为非敏感性是可以抚慰人的。非敏感性世界，是人类生活之外的世界，是永恒，'是大海与太阳同往'。"（昆德拉《被背叛的遗嘱》）不敏感的反可抚慰，敏感的呢？敏感的不行。比如你在大伤其情时，有位劝你的朋友哭得比你还要厉害，这时你就一点也感觉不到抚慰，大概要反过来去抚慰他了。而看着蓝天白云则不一样，心会释然，原因是那些东西的无动于衷，他们管自蓝着他们的，飘着他们的。你不禁自问，天还是那个天呀，我这是干吗呢？伤的哪门子心啊？其实你没有得到任何抚慰，只是从他那种冰冷的无情中你悟到了自己的无趣——伤悲什么呢？这世界多大，谁在乎你！非敏感性的抚慰其实是人在冰冷面前的一种觉悟，是从浪漫主义中出来，迈向其他的什么主义。

非敏感性的东西很多，比如一只杯子，或一个字纸篓。当你不能一眼看到江山或太阳大海时，看看这些东西也一样可以觉悟或可"得到抚慰"。

江山有种，我误读了一张画的题目，为了借题发挥说了那么多的话。其实我知道，我说的"江山"这个词，意思在文章中有过多次的改变，比如指风景、指朝廷、指天地、指非敏感性等，乱了。如果这些乱都与"江山"这个词有关系的话，那么还好乱得有限。其实我说的江山有种，很接近大音希声、大象无形、天地无言的那个意思。

那位说，这肯定有种，还用说吗？

人或有一老

　　生活中最相似的是四季，那棵树绿了，那棵树秃了，都是重复。树掉光了叶子是一夜间的事——昨夜西风凋碧树。一夜间你望出去，那棵树有了改变——它不是昨天的树了，去年甚至更远的那个时候又回来了。任何一个秋天都不是从日历上撕下的，日历上撕下的是纸，不是落叶。

　　昨天，一个学过医的朋友见了我说："你怎么一下显老了？"两年没见面的朋友，在秋天刚一见我就说你老了，那感觉真像是一个深秋再加上一个深秋。想起小学时，在秋阳下的一座苗圃劳动，太阳照在土坷垃上，一阵风从一片叶子那儿吹起来，我正发烧，在地头上看残叶往东再往东地飘着，朝向你，经过你，经过秋天。想着人总有一天会像树叶一样被风吹走时，烧就发得更厉害了。

　　人是被别人的一句话带进"老"这个字的，那一天我过得很仓皇。我是不愿被人牵着鼻子走的，当然，更不愿被人的一句话牵着鼻子走，但这句话不一样。回家照镜子，我觉得自己没什么改变，从小到大我觉得自己改变很小，或者说那种改变还称不上改变，没有迹象！我打算把那个人的话忘了。

怎么能忘！人总是要老的，改句别人的话——或"老"于泰山或"老"于鸿毛，该老就老。我不知道会老成什么。以泰山和鸿毛来选择的话，我觉得自己哪一样也做不到。我去过泰山，游人很多，有独自的游人也有结伙的游人，有挑夫也有乞丐。我觉得自己老成泰山很不确切，你没有那么大的负载力。鸿毛也不太容易，我想了，要做鸿毛那样的人，大概其位置该在薛蟠和贾宝玉之间。这样的一个人，做起来也很难。先一点他要有寄生的条件和本事，我不是做不到，是没有；再要像某些人阐述的后现代一样，没意义没意识地没着下去，比多余的人再多余一点，这种分寸也很难把握。因我理解的鸿毛，主要是轻，做一个有分量的坏人也许容易些，不厌其烦地轻下去很难，这样的人大致像我想象中的张爱玲的爸爸。

或在泰山和鸿毛中间随便老成一件东西，也许是我的选择。老成一块踏脚的垫子，老成一个消失了地址的旧信封，老成一把鸡毛掸子，或像昨天听到的一位小朋友的外号——大土筐……这些都是一种老。我不知自己想老成什么，"老"这个字是一个朋友那天突然给我的（朋友总会突然给你什么）。如果我说自己想老成一支笔，这太有点抒情的味道了，会给人家留下反讽的机会。因为你喜欢在纸上乱画，你就说自己想老成一支笔，这样的比喻太实了，不艺术。那么，我想老成一本书，也不行，能老成一本书的人是很伟大的，伟大得可以不死，这种人做起来有神的意志和其他原因，不想也罢。

　　我不大想老成一只喝水的杯子，或接痰的痰盂，这种东西太公共了，也太被动，我还是想有个性些。我也不想老成一丸不治病的药，就是老成治病的药我也不喜欢，药是很局限的，总有不管用的时候。我不想老成一部电话，有绳的无绳的都不想。老成一双鞋当然不错，能走很多的路，但一旦破了，被人叫作破鞋，太难听。我不能老成一根绳子，吊人家的脖子或捆人都不能干，就是捆东西我也不愿意。我也不想老成剪下的手指甲或脚指甲。老成钉子曾是我想的，但后来它扎进过我的脚跟，那种埋伏太过尖锐了，它并不朴实。我不能老成一个锅，也不想老成一面镜子，或一支快用尽了的口红，再或者在书上点点画画的红蓝铅笔……

　　我想不出我应该老成什么，也根本就没人问我想老成什么，但那一天我陷进了这停不下来的想的圈子里了，我真恨那句话。既然想不出该老成什么，就老成自己吧，别老得自己都不认识了就行。老吧，总要老。

汤吞与紫砂

壮壮兄从日本回来送我一对汤吞，装在一只榉木盒子里，非常情调、细致。打开了看，所谓汤吞者，该说成是吞汤才对，是一对喝茶用的陶罐。罐不大，一握有余（冬日暖手颇佳），棕色，表面斑驳，似釉非釉，细微处有做陶坯时留下的手纹。罐身有四枚隐隐的枯叶，右三左一，深浅不同。口及内壁都上了釉，很光很细（当细处则细）。罐体大收口，有半公分的底，底中一个日本字，是作者的名号。

东西真好，谢朋友（那位说，别人送的东西没有不好的。也不尽然，就有那种送过来立时想还回去的东西）。壮壮说汤吞在日本多，但就这对儿，不会再有第二，此作者一种样子只做一对儿。不愿意重复自己是一，关键是尊重选购者的个性。

当时听过他的话没觉出什么，心都被汤吞吸引去了。回家后拿着那个东西想：这东西只有一对，千里迢迢的，现在在我手上，这种相遇，除了说缘分外，还有什么可解释的呢。把玩间，壮壮说的"尊重选购者的个性"这话才反复在心内出现。

把一件商品当作件艺术品来做，这话听过；让一件商品充分显示作者的个性，这话也听过。但要说尊重选购者的个性，这话没有什么人说过。这话乍听像是一句话的另一个说法。再想不是，比如说做一对汤吞，作者想的完全是自己创作时的个性展示，那么这可能就更接近或完全是艺术创作，而不是商品创作。他的作品被接受的面就会相对窄一些，他的个性的效果可能就更显霸气些。他的产品如汤吞者，最后可能就会变成商品不是商品、艺术品不是艺术品的那类尴尬东西。尊重选购者的个性，先是坐标不同了，这首先说明了我这东西是商品，是供人买回家的。再一个他留给选购者加入艺术情趣的机会。你想想，他做了很不同的一些罐子，一式一品，他邀你加入，请你做审美的裁判。当你选中了一种买回去后，那只罐子是你的了，你在众多的罐子中没选别的只选了它，那么这东西像是你和作者共谋而产生的，不会再有另外的人能做到。

你在买一件商品时，最大限度地加入了自己的个性——艺术的。那种买了我自己的东西回家，不是像花钱买了双份的东西吗？同时作者的艺术个性一丝不减地进入了你的生活，这大概才是为商之道。

看报上说紫砂壶的行情越来越不好，一窝蜂地仿造，批量地生产，做紫砂壶像做解放鞋似的一批批地造出来，自己把自己做垮了。大师们呕心沥血创作出来的新样式会一夜间被仿造的潮水淹没。想这种茶壶类的商品，按理说是最要显示出个性和品位来的，人家买这类东西也是或多或少地想让自己的个性和品位加入进去的。倘这种功能没有了，买的人无非是买了一只寻常喝水的壶回家。邻居王奶奶、张妈夏夜里端出来的也是这样的壶，那还买它有什么意思呢，人时时要显出不一样的心往哪儿放呢？

当然，紫砂壶的情况也许更复杂些，但有一点非常明确，那些厂家也好，商家也好，绝没有想到要"尊重选购者个性"这一问题。你不尊重选购者的个性，那么你的产品就会卖不出去。宜兴街上一街一街的茶壶不说，就是北京的各个旧货市场，一堆一堆的紫砂壶有几个人买？十几元一只的壶大概连工钱都难赚回来。这种原本该极具个性的产品，按北京人的话变成了臭大街的垃圾货。

当然有了个性，才能说尊重别人个性，产品自身的个性也很重要。

个性是某类产品的生命，一点不夸张。满街的饭馆就是些例子。想谭家菜当年最红火时，每天也就开一桌，您要想吃必须排队预订。如果满街都谭家菜，那就该改谭家粥棚了。这也许是个别的例子。普通的也有，如"都一处"早年最有号召力的是马连肉、晾肉，别家没有。而"东来顺"的羊肉片不单肉选得精，切得也薄（一斤八十片），也是自己的独特。这种个性显示出的是讲究也是尊重。而想想一些开了又关、关了又开的饭馆，鲁菜红时叫鲁菜馆，川菜红时改川菜，粤菜来了叫粤菜，如今又兴家常菜了遂改家常菜馆。以后也许东北菜、淮扬菜地叫下去，怎么没个性怎么叫，随波逐流，不关张等什么？

也有不同的。几天前，北大荒的"荒友"们在一家酒家聚会，没想到极为有情调。那儿没有现在常见的那种卡拉 OK 的吵闹，只一架钢琴、一把小提琴，话语般地渗进你的怀旧情绪里，很感觉到了一种尊重。卡拉 OK 则不同，那实在是一人乐百人愁的东西，尤其在吃饭的时候，你在吃大虾他非要搭给你一堆走了调的音符。卡拉 OK 可以有，但不必家家都有。

汤吞送我后一直用它饮茶，由此想到尊重选购者的个性，或产品本身的个性这些话，实在是茶之外的乱弹。那位说个性之道说说容易做着难，这话也不错，但想想没有个性的商业经营，其难许不在眼前，在长远。

问

"问"这个字很有意味，读出来声音是弯曲的——wen，有很长很敦厚的尾音。问不像哭或者笑是种情状，问是神态，问天、问月有种旷世的孤独感，扪心自问像良心的思索。问是没有结果的，一个没有结果的状态，让人不是觉得怅然若失，就是无依无靠。"借问汉宫谁得似，可怜飞燕倚新妆。"印象里一个人独白时总是要问，问大陆，问长风，像李尔王和窦娥那样。屈原的《天问》里通篇都在问，但除了题目外，内文中并没有一个"问"字，真到问时，"问"字是可以省的。

北京有时管"问"叫"打听"，词一换就变得全无意趣，很实际了。"打听"限于一方对一方的问。"我跟您打听月台胡同怎么走？""跟您打听个人。"这个词再不用于虚处，"问月"不能改成"打听月"，"问苍茫大地"不能换成"打听苍茫大地"，不仅是俗雅、书面与口语的区别，有个实与虚的问题。"打听"虚处都不可用，它是个实在的动词，且多用在与陌生人的说话中，也有点尊重的意思。熟人间若用就有讽刺的味道了，比如妻问夫：

44

"我打听一下，你们组那个女工小王，昨天跟你去哪儿了？"这话一出大概今夜要难过。

问人或被人问，生活中常有，再熟的城市也有生地方。满街的人，独独来问你，是种缘分。他若是个外地人，几千里地来了，几万个人中找了你来问，那种感觉像半个亲人。

问人要看对象，不能在街上找比你目光还茫然的人去问路。也别找站街的"牛二"打听任何事，抢白了还好，生出事来，是冤枉。常在街上被人问，该是个乐事，起码说你有善缘。

有些问是遭人厌的。

每天去西直门地铁，路上总有人神秘地问你："发票要吗？发票报销。""有卧铺要吗？""项链便宜。""长城的，长城旅游的。"你在一串问中穿行，你可以不回答，但这些问真使一个诗意的早晨变成了一个市井的早晨。

前些天，一朋友说他在琉璃厂书店选书时，正入神，突然耳边一丝语风："《肉蒲团》要吗？"回头一看"未央生"在身后，睁双肉眼看他。

朋友平时典雅有修养，凡事爱自审自责，遇了这事倒先自问起来：这琉璃厂书肆人头攒动，也不下一二百人，怎么这"艳书皮条客"单单会选了我来问，我相貌就是个等着要看《肉蒲团》的样儿吗？倒把平时那种高雅气泄了不少，平白地生出些闲气来。

我倒觉得没那么复杂，那"皮条"也是碰巧了就问一声，有枣没枣打一竿子。对这样的问大可不必认真，更到不了自审的份。我话是这么说，有时事儿赶上了，也不得让人不想。

昨天，单位里来了电视台的人，其中一女主持人，常在电视中见，喜欢她的简捷明快。在下面看她觉得有一种少了灯火样的新鲜。

中午，在走廊里碰见了，想说点恭维话，做绅士举。她突然先开口了："请问洗手间在哪儿？"（也算一问吧）这问把一个在脸上刚开放的微笑给冻起来了。匆忙用手指了方向。"谢谢！"皮鞋响过去。

（这经历使我想起鲁迅先生的小说话语：四先生与我讲过话了！讲的什么？讲"滚开些"！）

那天下午我如那朋友般，开始问自己——一妙龄女郎会向什么样的人打听洗手间，又不会向什么样的人打听？这问题也许很大，要很多理论来支持，不过我实在于理论一宗，内心褴褛得紧，想很久就得了两个答案：一、她绝不会找那面目英武、看一眼"脸儿平白要红的"人，和衣冠鲜明、有很多熟悉的商标闪在身上的两种人来问洗手间。将心比心，你也不会向一个"美得不敢看的人"来问这样一个问题。二、她大概要找那种普通又普通、衣着面目凡而又凡的、看着跟厕所有关的人来问。

结论出来后，我很伤心。她为什么不问我"生命会被爱延长吗？""结婚可怕吗？"那种能让人出警句的问题，她干吗问我洗手间在哪儿。这让我觉出想象中的自己和别人眼里的自己有了距离。出事了。这真伤人自尊，真伤。

我开始对一些问怕了，反感。

今早，再过西直门，又有人来问："发票报销，发票要吗?"平时听了这话就过去了，今天想玩玩，做耳聋样大声问："你说什么? 卖发票? 多少钱一张?"声如虎吼。那"地下工作者"先一愣，再仓皇夺路走，让人高兴了一回，有点阿贵的喜悦生出来。

此为反问，以后凡遇些不尴不尬的事，可用此法。不过有问洗手间事还是不能这样，那样就过于写实了，没一点后现代的味儿。

凡尔纳与大武生

　　小时候想大了做什么，以为无所不能，只要敢想，那东西必在前方等你，像熟透了的果子，决不食言，伸手就是了。那时最为苦恼的是拿不定主意，看着唱戏热闹，就觉该做个大武生，亮相、踢腿、走边，带着锣鼓点满场飞，台下一片彩；看了凡尔纳的小说，又觉该做那种有传奇色彩的科学家，满脑子天上事，把地球都不当个家了，活得比幻想还远。小时的功课不难，原来的四书五经没有了，现在的英文、政治等也未见，每天学些个人手口，一二三，日子过得轻快，余下的时间自可以留给理想遨游。现在想，那时各种各样的人物都想过了，但那支歌里教给我们的却没想过："我有一个理想，是个美好的理想，等我长大了要把农民当，要把农民当……"没想的原因是什么，现在也搞不很清，绝没有对农事轻视的想法。有一点或许觉得，那行业不太好玩，好像也不能哗众取宠，非要把它归到理想中去，似乎缺了点浪漫染出来的颜色。总之，没想。

　　没想，并不就会消失。昨天听一个女孩对另一个女孩说：我从没想过会当售票员。不知她想要做什么，全社会中人大概都经过"要么是恺撒，要么什么也不是"的阶段，光荣与梦想，有过梦想终归不失为一种光荣，那女孩话语的背后有这意思。

一九六九年八月，在北大荒拿镰刀割第一束麦子时，没想到大武生或凡尔纳，没想到理想破灭这么奢侈的命题，想起那首歌来，边割边唱。三三班的男生一起唱起来，欢快的曲调，滚滚的麦浪，幸福得不知所措。连长听了一会儿，大吼：唱个屎，低头割庄稼！

那时，并不知道"宿命"这个词，也没有察觉出那歌对命运的暗示，只是再不花工夫去吃理想大菜了，闲了睡觉，把日子交出去，看着种子撒进土里，苗长出来，施肥，除草，秋天把粮食收回来……再也没有比这更真实可见，更可感，更不需要理想的了。凡尔纳在这时，就从英雄变成了消遣对象。革命青年是块砖，哪里需要哪里搬。砖的命运在手上，手没有连着你的身体，它也不听命你的梦。

那时你已开始把理想称作梦了。你那时觉得理想就像刘屠吹鼓的猪尿脖，一踩就破，你觉出做一块砖头要轻松许多。

也不是所有的人都接受了砖头人生观。有个叫冯奇的同学，他探家回来后，带了一架手摇电唱机和一套凌格风英语唱片。他破坏了砖头理论带给我们的安闲和平稳，那天天放出来的哩哩噜噜的声音，把凡尔纳、大武生、任伯年都勾了出来。理想——他还有理想，他想不一样，而砖头哲学的先决条件是，大家都是砖头。

他被很多人恨了。我们盼望过一种统一的生活，不要再拿原来的梦来骚扰我们，我们禁不住。他不管，他学，在这个群体中，表现着不同。他的唱针丢了，他用车条自己做，他在五十多人的宿舍角落，像个比凡尔纳还要远的人物，像块化不开的病，在我们的心里搅动。他使整个人群都不快，他使这人群中的一些人，入夜后生出些自责，睡不着觉。

对他的敬佩直到如今，并不因了他后来的成功。成功不能更准确地表明他。他对梦想的理解，从开始就超人一头，因为从小到大我一次也没听过他说长大了要干什么，他也没说过长大不想干什么。他像个得了道的禅师，只在心里，不在口上。他是介于凡尔纳和农民中间的一种人，他有念想，他能把夜里的梦移进白天的每一分钟里；他也知道把种子种下去，该浇水浇水，该锄草锄草，他知道功夫到了，那上边自会长出东西。他是被凡尔纳和庄稼教育出来的杰出者。

庄稼和凡尔纳都在退出教育，时代前进了，变形金刚和魂斗罗一代的杰出者将怎样出现，我不必操心。没听到他们的儿歌也不同吗——我们的 K 来自北京队，卡西欧日本队，咪梭咪梭啦咪梭……

放松的境界

每个人都有放松自己的方法，有的人越累越去游泳，打网球；有的人去一个谁也不认识的小酒馆喝酒；而某些人只想回家。那些回家的人，远远地赶回去，用摸熟了的钥匙打开家门，闻到熟悉的气味……这感觉，说是回家了，更像把自己从一个远的地方找了回来。

忙碌的人，一天在外要扮各种各样的脸——热脸、冷脸、恶脸、苦脸。有几张脸是自己的？不知道，很多人会在打开门的一瞬间放松，放松是喜悦的开始，甚至可以不要喜悦，只要回家，放松。

我大概不属于这种人，有一个原因：没那么忙。尤其在外边没那么忙。一个不忙的人应该对放松或休闲这种时尚的话题少说。

有个曾同在北大荒下乡的朋友，每天坚持跑一万米，就在楼下的操场上，四百米的跑道跑二十五圈。每天都跑，大年初一也跑。我问过他一个很不是问题的问题："累不累？"

他回答的话让我几天都在琢磨。他说："跑累，不跑更累。"我当时就没有听懂这话，但没继续问他（我有对深奥的话语不懂装懂的毛病）。分手后我开始想，为什么不跑反而更累呢？跑了累，是体力上的累。不跑怎么会累？哪儿累？比如今天有风不跑了，多睡会儿吧。一个人放弃一种准则，中断应该行进的事，会怎么样？谴责自己，一天都觉得不是滋味。你没去跑，你找了个原因逃避了，不是风的问题，是你没有力量。这种累从心里生出来，纠缠你，赶也赶不去。不跑更累指的是心累吧。

他回答的是不是这个意思，我没再见到他，也没有验证。但就以往的接触看，他是这样的。

他放松自己的办法，是按照自己的准则去生活，他觉得一个人的心要是累了，比体力上的累更有过之。我觉得自己也有这样的体会，我没干过什么重要的大事，但每天总想着要干一点，如果两三天什么也没干，会有种特殊的感觉出现。如果把"闲饥难耐"这话转过来的话，就是"闲累难当"。闲反而累了，像虎妞说祥子一样："你不出一身臭汗，不舒坦呀！"

一个需要放松的人，他先需要受累，这其实很简单。话说到这儿，我觉得休闲可以永远不是个话题（虽然这样的文字很多了），起码它不必是个热门的话题。一个真正累了的人，他别的也许不清楚，怎么放松，他自己最清楚。倘若他从来就没累过，那也谈不上什么休闲了。

而我看着那些穿上特定的休闲装，翻着休闲文字去找闲休的人，实在很累。

休闲的品位也不是在形式，在心里，你可以像李白一样"相看两不厌，唯有敬亭山"，就那么一直坐下去。

也可以用别的形式，比如跑一万米，跑过之后，自然而然地得到种宁静，得到种内心的平静。闲，说到底不是说休就能休出来的，"偷闲"一词可见闲之难得。

再说每个人对闲的休法也不同，有个同事认为打麻将是世间最累的事，而另一个人觉得最能放松自己的事是做饭。我想如果让一个人教会一个人去休闲也许很难，也没有必要。

说这些话已经使自己很不放松了，不知道自己什么时候能有"跑累，不跑更累"的境界，闲的境界，或许比别的更难求。

关于电视

达斯汀·霍夫曼演的《雨人》中，最有趣的一个情节是那人无法离开一个有关数字的电视节目。他时时刻刻抱着电视机的样子曾让我产生一个想法：会不会有一天人们都离不开电视了，大街上的人都抱着电视机走来走去，所有的公共场合都安装着大屏幕电视，人们在电视的包围中生活，他们看到更多的不是风景，而是屏幕？

这现象大概不会出现。电视，说到底是有限的，一个有限的东西，它不能产生无限的作用。这要感谢电视，它没有那么霸道。

报上登过最有趣的一则与电视有关的消息是关于一对猫头鹰夫妇的。说在澳大利亚的森林里住着一家人，只要晚上打开电视就有一对猫头鹰飞来落在窗台上，和他们共同看节目，直到电视结束才飞走。有一段时间，这对猫头鹰没有出现，那家人以为它们看腻了不会再来了。没想到它们又出现时，带来了几只小猫头鹰。

我特别喜欢这个神话样的故事（那些拍电视机广告的人干吗不用这事做个广告），我曾把自己当成一只猫头鹰来想象那些电视节目在鸟的脑子里该是什么样的，想不出来。我觉得它们是来看颜色的，或是来听音乐的。

电视不仅仅属于人，这是大自然的一个奇思妙想。

我第一次看电视在一九六〇年，国庆节，一邻居把他们家的电视搬出来让大家看国庆典礼。那时我刚上小学，接触过了电影与幻灯。我想象不出一个通了电的方盒子为什么能有那么多真实的人影和声音。当时我曾问过旁边的大人，他很简单地说了两个字：科学。我当时知道"科学"这个词，但我看着电视机时觉得"科学"这两个字什么也不能解释。

真是没有过多少年，电视机已经不再和"科学"这个词有太多的联系了，它变成了一件日用品。每一个对电视关心的人不会去问它为什么会出人出影，更多的关心是它今天有什么节目可看。电视节目不仅占据了你的日常生活，它还生出了许多超常的话题。我曾有过这种经历：去商店买东西，那些售货员边为你操持边与同事说着昨晚电视剧的感想，她们激烈地讨论着，说话隔过你的脑袋，唾沫星子溅在你要买的东西上。你当时觉得大家的生活都连在一起了——晚上看着相同的画面、剧情，白天说有关的话，在电视的笼罩下我们是一家人。这是电视的力量。

我对电视中的各类节目有过不同时期的好恶，我想每个人可能都这样，只是好恶有区别就是了。

我最不爱看的是那些有时在圣洁的殿堂，有时在荒凉的沙漠中飘来飘去（总是飘，衣袂飘，头发飘，纱巾飘，张开手臂身体飘）的 MTV（偶尔有几个不飘的我都喜欢）。我想如果要想解释"造作"这个词，MTV 里边的例子最多。关键是它既不能还原梦，也不能还原生活，它没有什么想象力，摆上再多的旧道具也没用。我希望看到自然，依附在音乐上的自然，或比歌词更丰富的解释，我想被唤起。

到北大荒下乡时，我有三件蓝色的制服上衣，把它们都挂在门后，穿脏一件换一件，形式没有什么改变，甚至有时给人的感觉是没有换衣服，但确实换了。我一个朋友想用这事来说明他对春节晚会的感觉——门后的三件蓝制服（也许是两件）。

我很想看整部的歌剧，想看一个诗人对自己诗歌的解说和朗读。

我最爱看的节目，是那些花了时间跟踪拍摄的专题纪录片。《讲述老百姓的故事》是我每天期待的节目。尤其现在改成连续的以后，变得更完整客观（我想"客观"这个词某些时候是可以和"真实"互换的），我喜欢看生活本身，不想看那种涂了油漆的生活。

长篇的电视连续剧，很像一小瓶酒（有的是假酒）倒进水缸里了，你要在一缸水中找出酒来，需要大量的时间和耐心，你要学会容忍和原谅，这包括那些港台和国外的长篇大套。但拍得好的还是每天会吸引你坐下来，看着表，等着它。

所有的体育节目都爱看，爱看围棋，但实况转播得太少。

也许一个人要把自己对电视节目的感觉像列菜单一样地列出

来，说出的答案会千奇百怪，这没什么不好，这说明大家都在看，都在关心期待。

怕的是不看了，像昨天我遇到的两个人，他们都说好久没看电视了。他们说这话的时候我有一感觉，好像不看电视正在成为一种时尚。也许不会这样，电视对人的吸引是那么的不容置疑，我每天都看，我觉得它毕竟打开了了解这个世界的窗户。再想到我们的儿女这一生与电视相处的时间可能要比与我们相处的时间还长，电视像是一个永远，它应该办得更好，更丰富，使每个人都有选择，有收益。

比

　　人活在世上是要比的。"比上不足，比下有余"永远是个活下去的道理。某人爱看悲剧，实在是觉得那悲，悲出了他在这个世界上生活下去的信心。"呀！还有这么惨的人啊，我平时想自己在地狱里，现在一比在天堂上了。"与生活不好的人相比，有种满足中的消极感。这样比下去，生活变得轻松，不上劲，也有滋有味，所谓知足常乐的写照。

　　也有不这么比的，邻居王妈苦了一辈子，压抑了一辈子，到老觉得该风光风光了。看李婶家新买的彩电是画王，想干吗就比别人差了，也画王（钱有一半是借的，借也得买，在她脑子里过日子是过给别人看的，过日子不比还有什么意思）。比得很有兴致，也累。

　　前些天，看报上有京广两腕儿，在吃上斗富，你来我往地吃钱的数目。人活一口气，好像那钱数只要吃下去了，就能吃出对方的沮丧自己的豪气来。几十万的就为了逞回英雄，英雄当了，回家喝棒子面粥也乐意。应了那句闲话"死要面子活受罪"。

（他们大概不知"石崇斗富"的事，知道了就该觉出自己的壮举该算作小菜一碟碟，让先人笑话呢。）

有一相识，去年买了辆吉普车，买车时说："为争取生命，花钱买时间吧。"觉他明理，说得也对，有辆车就不至于把过多的时间花在生命之外了。吉普车就好，简单有效，路一样跑，生命一样争取。

过不久换车了，红车，豪华，有空调，有音响，跑起来轻快，耀眼。干吗换？说吉普车在路上走，在楼下停着，在朋友面前总觉不够理直气壮，终归不能太被人看轻（这相识原不是个生意人，一个搞艺术的说这话就让人觉出不自信了）。买车为生命大概原就是个遁词，为比呢。这样比下去人生的目的仿佛很明确了，不达"劳斯莱斯"怎肯罢休。

在他家谈话一个来小时，几次看他俯窗下望，以为在等佳人，起身告辞。下楼看他还在窗口下望，多情地以为他在目送我离开。后觉目光并不在我，在楼下的那辆红车上。

买了好车自然要多担心，怕人摸，怕人碰，怕小偷拆走零件。这日子大概就要为车的安危一分一秒地苦度了。要比，自然就要在比面子之余比些个烦恼，这烦恼在吉普车阶段不大有，在没有吉普车阶段更没有，比有时使烦恼增加，只是这烦恼不便为外人道。

但那位说了不比，社会也不好前进。也对。想超英赶美是种比；更高、更快、更强也是种比。比的目的大概不是把别人比下去，而是要把自己比上来，与别人比不如与自己比，这来得更本

59

质也更明确些。生活不是给别人看的，起码首先不是给别人看的。

昨天闲翻书，看到冯梦龙撰的小品中有则《唾壶》，写南北朝符朗夸比的一件事：

"符朗常与朝士宴，时贤并用唾壶。朗欲夸之，使小儿跪而张口，唾而含之出。"这大概是一个最无聊、最恶心的夸比的例子。"朗欲夸之"，为了夸比，以小儿当痰盂，张口接痰，想都想不出来。

比到这份，也就比得没人了，可怕。

想到青春

想到"青春"这个词时，它正在离我而去。

现在，一队高中生放学了，正从我的窗口走过。他们有很好的装束，有的叼着烟，一个男生搂着女生，其他几个独立走着。

我突然觉得青春于我从来就没有过，这不是说我十六岁多就下乡了，不是这个意思，是觉得我感觉中的青春和他们的不一样。说这话，绝不是我想做一名说教者，从小到大我最讨厌这形象。

现在"青春"这个词的背后有很多我从来没有收到过的礼物。比如唇膏，耐克，沃克曼，万宝路，避孕药，皮衣，排行榜，杰克逊，金帝巧克力，休闲书包……一个进入青春驿站的人应该享乐，那些华美的杂志上也是这么说的，我看到一些题目叫"哗！青春大消费"！

忽然想起白居易写"野火烧不尽"时也就十几岁。觉得他跟此时相比就更没青春了，他们是读"子曰诗云"长大的，他们读"人之初，性本善……"从小就有广大的忧思，没有人把他们当成孩子，他们自己也不把自己当孩子看。

我不是一个及时行乐的反对者，我其实很想这样，但在努力地追踪后，套句歌词是"生活不是想象中的那样"。我特别怀疑那些靠写青春文字吃饭的人，他们是否真信那种烹饪甜点的秘方。就我认识的几位，他们的苦恼似乎不比我少。他们为什么要用华彩的丝绒罩住霉斑？

我偶尔捡起"青春"这个词时，特别想把它放在锅里煮一煮，但我找不到一只合适的锅。有些锅大概不想装杂七杂八的东西，它们高蹈地煮着一些岩石或化石；而另一些锅像天空中的蜃景，它们虚幻没有温度。

根本就不用担心，更不需要一种样板。腌制腊肉的方法要烟熏火燎，要风要光，如果你想得到更多的滋味，必不可少地要加上些叹息和眼泪。糖这东西稍嫌易得了些，乏味了些。

实在没有资格来写这样的文字，应该让那些孤身一人走塔克拉玛干大沙漠的人来写才有力量。不过他们曾告诉给我，他们只知道"生命"这个词，"青春"是什么不知道。

稻粱千古

能想起的事是有限的，尤其你着意去想时，什么也记不起来，只是看着窗外的树和偶尔的鸟发呆。不过，无意中因有了一种气味、一个相似的场景、一阵相同的风，你能记起那种远得不能再远、再细微不过的事来。

有条件回忆的人，首先他是能吃饱，再者有时间。其次如失望啊、寂寞啊、伤病啊都容易进入回忆，也容易拿笔写作。

不过也有些人，就是想写点东西挣钱，或出名。古人不是说"著书皆为稻粱谋"吗？又说"文章千古事"（说透了，现实与未来全占了）。我一直想做这类人，又稻粱，又千古，何乐不为？

不过这其间偏偏夹了个"文字狱"，免不了使一些想行此道者缩头缩脑。清朝据说大行训诂（也像回忆一样），大家翻古书，也不失是"稻粱千古"的另一种方法。

还有就是千古则千古，稻粱却没有。如雪芹大师、李白、杜甫、凡·高都几欲饿死，饿出个千古来。这类人实不该算第一等高手。

当然，有一类稻粱有而不能千古的，写些长歌大赋、万岁文章，痛哭流涕，慷慨激昂。实是稻粱足啊！出有车，食有鱼，今天说此，明天转彼。也摆出一代宗师之态，说某某该批，某某该奖，让那些得奖的自己都吃了一吓。

想想这两边都占的人，就不大好做了，或本没有？

不做也罢，闲来写点什么，手对着心，能换钱则换钱（李白那时没稿费也活了），换不了钱的留着，换千古。

我 做 梦

　　我做梦都是黑白的，像三十年代的那些老片子。我一直认为所有人的梦都是黑白的，它们不会像真正的生活那样，闭上眼睛让你看见桃红李白。当我看到报上说有的人的梦是彩色的时，非常惊讶，这世界真让人防不胜防。

　　那些人，可以把赤橙黄绿丰富的颜色送到心里去，他们像看彩色宽银幕电影一样地在做梦，这几乎可以说是幸福的一种。而我大概的情况像是守着一台九寸的黑白电视，一夜一夜地这么过了四十年。我从心里觉出了委屈，为什么是这样，干吗不用一样的原件来组装，做彩色梦的人他们有什么特别？

　　一个人生活得黯淡也就罢了，他甚至不能做一个绚烂的梦，对"命运"这个词的体会还有比这更深的吗？

　　我决心不再做梦了，既然没有彩色的，那我情愿不要，如果梦也比别人做得差，这个人活着就更没有品位了（很多人都知道我骨子里是一个上进的人）。我可以用不做梦来反抗，表示不满，再好的梦我也不做，我想让那个没有善待我的人或者神知道，他不应该这样做。

真想不做梦，我发现非常难。唯一的办法是不睡觉，我最高的不睡觉纪录是三天三夜，是二十岁的时候，现在也许不行。我问过，并没有一种睁开眼睛防止做梦的睡眠法，没有。科学到今日，这样的事还没发明。看来，我的不做梦的决心只是个赌气。我还得做梦，做黑白梦。我注定了是个没有什么品位的人，别人给我的黑白梦，我必须接受，没有什么可以商量的。这使我在无数次地看不起自己后，又加了一次。

我曾问过家人及左右的同事，做黑白梦和彩色梦的人各占一半，还有一种人彩色梦、黑白梦像是都做过。这消息给了我极大的感奋，一个人也许并不是只彩色不黑白的，可以交替。我们不是看过那种既文又武的人吗（现在叫亦文亦商，或用句俗话是"龙门能跳，狗洞能钻"），干吗我就不能做个彩色的梦看看（我把那个将要来到的彩色梦，想成是个说广东话的彩色梦）。

闭上眼睛等待，睁开眼睛验证。很多日子过去了，没有。我没能做出个彩色梦来，有些夜晚无梦，有些夜晚有梦，还是黑白的。在梦里看见的海依旧是灰色的，这使我想到了"绝望"这个词，我也许永远不能做一个彩色的梦了，没人可怜你。那种有着宝石般颜色的"人头马"或鲜红的蔻丹指甲，在我的梦里出现也只是灰、深灰，或黑。我不能像接近真实生活一样去接近梦，这感触使我不仅在生活中，甚至在梦中都失去了激情。

我只有认命，否则只能死。我知道"生死事小，失节事大"这话，印象中说这话的，是有着花白长须、着古旧长袍、活着就像黑白遗像的那类人，他们大概也只有做黑白梦的命，这种人的话我已不想听。

我准备就这样生活下去，过黯淡的日子，做黑白梦。实际中可能没有一条既可到达彩色又可去黑白的通道，我觉得有些人骗了我，他们大概想用一种朴素来掩盖艳丽，或者说用淡泊来掩盖浮躁。我觉这不行，他们要么做彩色梦，要么做黑白梦，两种梦都想做的人，不真实，是一个关于梦的梦话。

以上是我读到有关梦的那则文字后的思想汇报。话还没有完。

今天早上，我问了来我这儿度寒假的一位小亲戚有关梦的问题（她叫赵文锐，在北大附小读二年级）。她十分坚定地回答说，她从来没做过梦，一次也没有，所以不知道梦是什么颜色的。她不会说谎，是个好孩子，爱劳动，懂礼貌。她没做过梦，这不管怎么说，使我心里多少天来有了一些满足。还有没做过梦的人，在这个世界你永远不是最不幸的。她是一个小孩，我在一个小孩面前笑了，再一次地让自己看不起自己。

时　尚

　　听过一个故事，说解放前的北京人对吃的讲究。不是说天天吃丰泽园、鸿宾楼，隔三岔五去吃谭家菜的那路阔人，说的是穷人，吃了上顿没下顿的穷人。不过这种穷人原来许阔过，出有车食有鱼、穿过貂皮袍子、捧过角的那种官宦后代。一下子穷便真穷了，其穷而无志（没学过"穷则思变"之故）。每天应付肚子的办法就是死等，或以为有三爷、五爷会来邀个饭局，或以为管账的刘先生拉去坐茶馆，再或认为王妈农村的亲戚送新白薯来了。什么都没有，可借、可卖、可赖的都没有了，就只有打坐入静，默念一句话是：老天爷饿不死瞎家雀儿。

　　也真是天不灭曹，那日已饿到了第三天近晚，王妈的儿子从西山进城来，带来了几只大梨。本以为他会狼吞虎咽地将那些梨吃下，不价。下床穿鞋，挣扎着四九城去找冰糖，风里雪里地找回来了。将那梨洗净，梨核掏出放入冰糖，上锅蒸。蒸好了，才来一口一口地吃。说：只有这才叫吃梨，会吃的都得这么吃。上口就啃，那不单糟践了自己，也糟践了这么好的梨。振振有词，

68

实在是没有将其饿死的缘故。

北京是明清两朝的古都，六百年的历史实在是可以养出许多闲人及闲规矩来。各位有空了，不妨去官园（花鸟虫鱼、字画古董）、草园（京剧票友）转转，一伸脚便踏回去了几百年。语言、做派都是旧的，让你一个红旗下生红旗下长的人不知所云，不知所措。话说回来了，那些提笼架鸟、操琴吊嗓的真玩儿家，又让你看到了一种对生活的真认识，其生活态度之闲散，与世无争，完全的自我，实在造成了北京这一地域的特殊情境，够你批判继承几辈子的。

时尚这东西总会因时代进步而翻来覆去地变，茶馆没有了泡酒馆，京剧不行了改摇滚，礼服呢的长衫早被皮尔·卡丹给代替了。

京城去年实在是掀起了一阵喝扎啤热。请客吃饭，最时髦的语言替代是：请你喝扎啤。盛夏之时又逢奥运会在巴塞罗那开，最火的《北京青年报》大幅标题写的是"托扎论英雄"。弄得极有文化的老先生们都深叹，如今连报纸都看不懂了。扎啤是什么？好像某个时期，整个城市的每个人都问了一遍，这个悬念真是弄大了。

于是有机会的话，每个人都想尝尝。先是端杯子感觉跟原来不一样了，像他妈的水手、海盗、枪手的那类感觉，说话应该有中气或默默不语才对。那感觉不适于说情话，好像更适合宣誓或结拜兄弟什么的，尤其不适合纤纤淑女也那么沉重地端起来，一端有变孙二娘的危险。端了杯子要喝，一喝才发现真的不一样，酒是好酒，否则怎么对那八块、六块钱负责呢。于是肚子越喝越满，口袋越喝越空。装一肚子好感觉出去，感觉太阳也不那么热了，有扎啤在肚子里温柔着。再打开电视看张山噼里啪啦地打碎天空中的碟子，真想敬她一扎酒，那时手中或只是个茶杯了。

北京是这样的一种品位，怪不得周作人当年回绍兴省亲，过不了几日便急急地回来。想冬日朝南的小屋，想小屋中的炉火，想炉上吱吱有声的水壶……如果到现在，他也许还要想有一扎啤酒，与我写完此文的感觉一样。

丢车感想

这之前，我没有想到自行车会丢。是一辆很旧的车，车旧，锁是新的，新锁买回来就不大好用，每次开关都要花点时间，时间的长短大概是路人正要怀疑你时。这样一把锁下的旧车，怎么会丢呢？

拐过那道墙，看见车不在了。想也许被谁移开了，就在四周围找一找，没有。再大的范围中也没有。太阳很晒，比我那辆车旧的新的车都在阳光下等着，我那辆车没了。

身前身后有很多人走来走去，原想在马路中间自言自语地说一句"我的车没了"。看着那些平静的人，专心地奔着自己的生活，又觉出不该打扰别人。最后看了眼因我车不在而空出的位子，转身向公共汽车站走去。

我的车丢了，这事实在三分钟内被我接受了。我突然对自己表现出的平静有种陌生。为什么会这样？一句话也不说，不在一个小小的范围中告白一下，连说一声丢了的心都没有，就那么转身走了。没想到过报案，没想到过绕几步路去那个治安岗亭说一

71

声，什么也没有。那么快，把跟了我几年的车，从记忆中抹去了。

现在正骑着我车逍遥的人，或许连一声来自天空的诅咒都听不见。他像一个阶级兄弟骑着另一个阶级兄弟的车一样，觉得理所当然。

突然对我的平静生出了些谴责——我的车丢了，是我不愿的，但我没权力让那个偷车的人感觉到自由。我应该在人多的地方喊叫，看着人们的眼睛；我应该在有可能的地方穿行，追问；我应该到警察那里、治安员那里、戴红箍的老婆婆那里去报案，去挂号，去哭诉；我应该间接地告诉那个偷车的人：嘿！小心点，别让我碰上，饶不了你。

我已经丢了两辆车了，这纪录不高。第一辆车丢了后，我曾像刚才所想的那样奔波了一天，没有结果。谁应该对结果负责呢？有其他人，是不是也有你？公共汽车来了，我没有因刚才所想而转过身去，没去丢车的地方再看上一眼。我上车了，我的平静近于冰冷，我看着车上的人，生出一个怪念头，觉得这些人都会跟我一样，丢一辆自行车绝不会去张扬，默默地丢车，是种寻常了。

这让我想到湖南邵阳的一位诗友遇到的车匪——就那么把手伸进你口袋里搜索。不是偷，也不是抢，是另一个词"收"。这收的道理是谁给他的？他为什么那么理直气壮，像在自家的园子里收菜？这道理是那些被收的人给的吗？是不是呢？你同意他像拿自己的东西一样拿你的东西吗？你同意了！

想到这儿，我还是没有去报案。找车的念头我只是想了，真去做时，觉得有点累，再说那是辆旧车。

今早，借了妻的车去上班，车座太矮，去相熟的修车人那儿升座子。他问起为什么换了车。说车昨天丢了，告他刚在这儿换的里外胎，擦了油泥。他笑了，以为会说同情的话安慰我，没有。说："那好啊！这小偷就不会骂你了。"是种北京人平常的幽默，我当时却听得刺耳。想起车匪还有一种行径——抢你时，你若没钱可抢，就要打你，天下的道理真就被他们占尽了。

想到这儿，觉得要去派出所报案，然后去治安亭，天天去，问他们我的车找到了吗。告诉他们这世界已欠了我两辆车，我不会放弃。

补记：

文章写到这儿，我随手翻开了洛奇的《小世界》，两百零三页其中有句写在教堂许愿牌上的字条："主啊，求您让我找回我的行李吧（在内罗毕丢失）。"这句话给了我找回自行车的决心，最起码我该把类似的这样一句话，告诉这世界。

人在江湖

古龙让他喜欢的人常说的一句话是"人在江湖，身不由己"。这话给人的感觉不是无奈，不是说我被禁锢着，捆束着，有锁链，有牢笼，有……而像说我是江湖中人啊，我就是你读传奇读过的那类盖世英雄。我跟你不一样，我不是常人啊，所以有些常人不理解的事，跟你说也说不清楚，这是大英雄的苦恼，你不懂"人在江湖，身不由己"啊。这话有一点华威先生那句"我很忙啊"的味儿，都是在说自己怎么不寻常。

"江湖"一词的意思最早不知是什么，原读过范仲淹的《岳阳楼记》，有"处江湖之远则忧其君"的句子。按安徽出版社《古文观止》中解释，江湖：贬谪在外，做闲官，或不做官。先不说这解释是否正确，想他指的江湖也恁大，除了京官都算进江湖里去了。

古龙的江湖没这么大。古龙的江湖客大概是些既不官也不民、有几分认得有几分不认得、提起来让人亦喜亦忧亦爱亦不爱的那些混杂人物，说起话来也是"招安，招安，招甚鸟安！"的一类。大

74

概的品性在让梨的孔融与车匪路霸之间，所谓盗亦有道的那种。

这种人按理说是想一辈子活个自由才入的江湖，到头来要让他说出个"身不由己"实在有点做作。像那句问话"是进亦忧，退亦忧，然则何时而乐耶?"一样酸腐。此江湖与彼江湖倒有了相通处。

我不喜欢"身不由己"这话，尤其是那日听一诗友说了他坐长途车的遭遇后更如此。

友回家，坐长途车上闲翻书，突然邻座一八尺大汉将一塑料打火机丢入他怀中，茫然不知所以，拾起欲恭敬奉还。汉子说："你买下吧。"友说："不会抽烟，要它没用。"汉子又说："你买下吧!"面目渐冷，手在衣袋里挑起把像刀一样的东西来。问多少钱。说身上有多少钱。到此知是车匪无疑。真碰到了车匪倒也平静了，想有一口袋内都是大票，那万万不可显露，有一口袋是些碎银子，遂一把掏出，说都在这儿了。那汉子也爽利，接过一把就往别人的怀里搜去。车上这色人有三个，最多抢了一个姑娘的一千余元，那姑娘大声呼救时，全车哑然。

三个抢过后，下车前大汉说了句："我们也是穷极了，身不由己，多包涵。"（总要学点江湖的言行。）

那友最后说，抢那姑娘时，我本极想愤而起之的，想想口袋里也有几千块，实在有些身不由己。

抢与被抢的人倒都有话说，都说了身不由己。也好，大家身不由己地由它去吧，这江湖真是越弄越大了，谁还念"先天下之忧而忧"。

关于安宁

　　电视中放着卓别林在瑞士的最后日子。他苍老了，不笑。他先向人们解释说："我是一个严肃的人。"（这话由他说出就显得更可笑了。）然后，提到了认真，最后说到死。在说死之前，他停顿了一会儿，看得出他不愿碰那个字。

　　他说："一个人所有的奋斗都是为了安宁和舒适。"我听了这话，一下子对把安宁舒适与奋斗连在一起有些不习惯。一个不奋斗的人也可以得到安宁，或自认为的舒适（"奋斗"这个词让人感到那样巨大，无从下手）。卓别林也许没有读过老庄的读物，要么他该知道正当奋斗的人得不到舒适和安宁，像他那样的大名人也得不到。那是他的理想、希望，因为安宁并没有跟着他。他是名演员、偶像、有钱的父亲、丈夫、记者们的衣食父母。全世界的电影院每天总会有几家在放他的影片，别人总在提到他，想起他，他不能安宁。我想安宁也许不该是一个成功者可以得到的。但他为什么会说出"安宁"这个词呢？这个词是不是指内心的安宁？一个成功的人，在心理上该比不成功或从未尝试过奋斗的人要安宁得多吧。在这一生，他检验过自己，他经受了检验。他对自己满意了。这也许该是一种内心的安宁而不是其他的。

卓别林那样在活着时就看到自己成功的人，该是最有死亡资格的（如果死也有一种资格审查的话）。他成功了，尝试了成功带来的幸福或苦恼。按我的想法他完全可以撒手归西了，一个准备放弃生命的人，该是预先达到了安宁境界的人。但他在说死之后又说活着也许是美好的事。他对死没有拿定主意，没有把安宁与死连在一起。上帝只是等待少数的几个人拿定主意后，才让他们去死，这包括海明威、川端康成、凡·高、海子等。大多数人没拿定主意时，上帝的耐心就丧失了。

卓别林死了。他肯定没拿定主意，葬礼后棺材就被人从墓中偷走了，有人想用他换一些钱。这像是卓别林最后导演的一部喜剧，他告诉了人们安宁是什么。

不知这案子怎么破的。在一堵墙的背后，卓别林和棺材都完好无损，他像是还想再一次地告别。家人悄悄地为他举行了第二次葬礼，在他的墓上铸了坚固的水泥，像是怕他再跑出来，伸手向这个世界讨安宁。

表

搜集各式钟表，让它们一起走动，然后在这些声音中睡觉——我想那会不会把心脏搅乱了。电视上看到一老者搜集了很多钟表，那些跳动的秒针要把一堵墙摇塌了。

我不爱听钟表的声音，也不爱看着秒针跳动。桌子上有一个电子钟，每次看书，我都要找块布把它盖上。这样世界就安静多了。

昨天，在报上看到一则笑话：某男死后，其妇说，我这懒丈夫终于能为我做点儿事了，我将用他的骨灰做沙漏，用来计算时间。我觉得这不可笑，办法挺好。我死了，有人能用我的骨灰做沙漏，我很感激，那像给了我又一次生命。我愿用我的残渣数着时间，直至连残渣都没有的那一天（这专利将属于我，剽窃必究）。

时间这东西被精确到秒时，人们的生活就显得慌乱起来。男女约会，有一方稍迟，五分钟，会产生不同的结果。不似古人——人约黄昏后，那"黄昏"有很强的弹性。我一般约会大多提前，也不是什么责任心，我是个急性子，宁可先到等人，心反而会静。如一路赶来，或迟了一步，便会慌乱之极，把那只表看了又看。

前些天表坏了，一抬手是个空腕子，便做逍遥乐。下班后去各书店流连，看日头还高呢，与朋友谈，尽兴为止。一只表坏了，时间似乎就都涣散了，慢慢走，慢慢想，慢慢读书。倘有认真的人责问，说一句"表坏了"，大家都原谅。一个没有表的人，有理由在时间后边走。

不过有时还是被别人腕子上的表吸引去，一看六点了，快往回走。途中就想：要是谁都不戴表，岂不惬意。工人上班早晚不管，活干完了走，剩下时间去学裁剪，摆大饼摊，且比在车间喝茶、耗时间强。当然，也有不便处，哪位同志赶火车，没有钟点，到了车站，车刚开一分钟，苦也！

表修过了，戴了一上午又不走了，好像故意要我再懒散几天。索性连家里的钟也不看，或中午趴在床上睡觉，或夜半秉烛看书，再不听时间安排，随心。

不想昨天教师节，妻单位发了一只极大极蠢的电子钟，正看书静时，忽听嘀嗒声震脑袋。爬起来找，在书柜上的纸盒中，嘭！嘭！有共鸣声。打开钟将那只赶它走的电池拆下，看一眼是午夜二时，正是个让人发困的时候。这表一看过，书就读不下去了，昏然而眠，一夜无梦。

镜　　子

太阳升起了，太阳照在镜子上。房间被双重的光芒充满，像飘浮的仙境。这时你若站在镜子的对面，会被它摊开的光刺伤——此时的镜子更像个炉口，它想吸收你，冶炼你，把你的恶从身体里逼出来，焚毁，剩一块有质量的金属给你，告诉你做个好人。

我每次照镜都有陌生的感觉，那个人是我吗？他比我脑子中的自己要冰冷，要平庸得多，努力做庄重的表情给它看，又多了几分造作，我是这样的。一个这样的人，先就讨不了镜子与自己的喜欢，又怎么能到人群中去讨喜欢。照完一次后不甘心，再回去照一次更糟，一天都消沉。

一个杰出的人，也是一面镜子。我曾有过一张叶芝老年的照片，大师的皮肉已皱得像山核桃皮了，皱纹深刻而坚韧，但那双眼睛却儿童样的清澈、有神，凝聚着他的精神力量。我曾把那照片高悬起来，妄图能慢慢接近那样。过了几天，还是把他摘下来了。他真像是照进我心里的一面镜子，会在写作或睡梦中逼近我，追问我，用那双眼睛透视我的灵肉。那几天我什么也做不成，像个负罪的羔羊，咩咩地在他的跟前忏悔，发誓，不知所措。终于找来了凳子爬上去，把他取了下来。我意识到了，我可能不行，我有太远的距离，这距离不能让我时时看到，那样就什么都没希望了。我需要点自信、自负甚至自恋，我需要这些东西，让生活继续下去。谁也不知自己能够着天上的什么，把叶芝夹进部大书中吧，或者让他在云端中看我，那样我和他，都显得模糊些。

圣贤的像也是镜子，不过他们对我的惊扰不大。他们旧了，蒙上了尘土，挂在墙上会慢慢与墙一样。他们因为自己的陈旧而沉默着。他们不再说话时，我对他们的尊重更深。

到人群中去，会被马上照出来——一个讨厌的家伙。你笑着，会从别人的眼睛里，看到自己在假笑。你说恭维话，被人洞悉了，说你俗。你是个大俗人，好容易拼着胆子说了句真话，人家背过身去，镜子没有了，那真话在手里成把剑，刺向自己。镜子不会流血，流血的是有血肉的地方。你觉得有些镜子是哈哈镜，你听到身后有此起彼伏的笑声。你是个大俗人，较真儿的大俗人——群众的眼睛是雪亮的。

爱照镜子的人，对生活充满了进取心。他们经营着镜子中的那个人，不断地把自信填补进去，一点点红，或一点点黑，头发的左右，眉毛的姿态。向镜子讨教什么是哭，什么是笑，虔诚或悲伤的声音，他们能做到声情并茂，他们很幸福，他们离不开镜子。他们每人有一面或几面照仙镜，在关键的时刻，把自己照给人家看。他们是好人——群众的眼睛也是好的。

　　要能在镜子中照出别样东西来，那实在是件好事，如瑞大爷的风月宝鉴，照出骷髅来不好，照出美女自然如意。觉得瑞大爷死而无憾，终归是帝王般辉煌过，曹雪芹也是，以为一块镜子能劝诫些什么。

阅读的眼睛

我所认识的人的死对我是重要的，他们带走了一部分对我的认识。在这个世界上从小到大我表面上看起来在成长，其实是在消减，这还不包括一些人其实早把我忘了。每一天来到时，有一天已没有了，我们在一个时间中只能有一天，不能两天同时过，这让人觉得不够灵活。

有一些日子我们想飞快地翻过去，有一些像夹住了书签一样，打开就看见它，那个书签为什么总夹在那几页你也说不清楚。我觉得这一生都预先被一个人写好了，我心里有这样的一本书，这本书只能由我自己看见，别人看不到。我每天在一个角落看着这本书，有时和一个人聊天时，我走神，我去翻那本书了，那本书上写着"现在正走神"。从某种程度上来说，这样的生活没有什么意义。你是个被动者，是一个被文字印证了的人。

消极的另一种说法是顺其自然，今天，我冒出了以上的想法，把话说破了，像得到一件东西后的空落。我想说的是，从此生活中多了另一双阅读的眼睛，那眼睛也是我的，它长在我的双肩，或飘在头发的顶端，或更高的一个地方，不能对视。它看着翻开那本书的我，这使我在今后的生活中无法专注。

一个人从阳台上跳下来，和一件衣服从阳台上掉下来，他们在空中的区别并不大，他们的飘忽会使一个人产生错觉。那年我小学四年级，她在空中时，我以为是风刮下来的一件深蓝色的衣服。事后，我对那些围观的人都说了，"我看见了，以为是件衣服"。一整天我没想她干吗要死，一直想着为什么会像一件衣服样地飘下来。真实的她是在落地后才看清的，她在空中时，我只看见了一件衣服。如果我在空中就看清了她，那我肯定有很大的惊讶，她的死先是很轻而后很重。在空中时她逃了，真摔到地上的是一堆骨头和肉。是她狠狠地把那堆骨头和肉摔在地上的，那声音嗵的一声，一个人能把自己摔得那么响。

我在以后，曾向很多人讲过一个人从楼上跳下来，在空中像一件衣服这事。他们大多数人觉得这话题非常无聊，无聊的原因是无法验证。有一个人曾说：如想死的中途不像一件衣服，就只有裸体跳楼了。他描绘的画面令人惊悚，有点像一把白刃从青空中劈下来。他说出了的是另一种死，仇恨，自己和自己过不去，他几乎打碎了我记忆中的东西，我想我还是愿意接受中途像一件衣服。

甚至想永远以为是一件衣服飘到地上，像今天早晨，我起床，穿衣，提上裤子，看见对面楼阳台上又一件"蓝衣服"飘下，我想过去的事重来了，我想它飘下去，接着该有一声震动。它先像一件衣服，然后突然变成一具尸体——就是这样。生活的重复让人厌烦，壮烈的死也如此。

　　我在窗口等着。没有声音。那衣服落地的位置被一排平房的屋脊挡着，没见谁跑过去，没有喊叫，没有一个人拉着围观的人说他以为是飘下来一件衣服。没有，什么也没有，是件真的蓝衣服，生活没那么笨，它怎么能让你洞悉。

　　我不知道在今后的生活中，再看见衣服飘下来会有什么样的想法，我也许会变得犹豫不决了，那是什么，是人还是衣服？

　　那个从楼上跳下来的女人，在死的前一天还抽着烟在楼道里碰见了我，当时她还问过我："你的眼皮，怎么一单一双啊?"她死了，这事已不能再被证明。

第 二 辑

骆 小 兰

骆小兰的母亲叫邬德芳，爸爸叫骆熊。骆熊不是她的亲爸爸。她没出生时，亲爸爸就被镇压了。她一九五二年出生，和我同年。也就是说一九五一年（解放两年后）她亲爸爸还没有被挖出来，还可以晚上和她妈妈同睡。那样的日子也许很勉强，也许是那个人暂时忘记现实的一种方法。她是这方法的结果。骆小兰的生命是从那一夜开始的，骆小兰的忧郁，在那一夜之前。

她妈妈嫁给骆熊的时候，骆熊大学刚刚毕业。设计院里很多人都劝过骆熊，干吗娶一个有问题（或说有污点）又有孩子的女人。骆熊没有听那些人的话，他娶了邬德芳。邬德芳的自信心从那一天开始恢复。她在那样的情况下，还有人爱，一个新毕业的大学生，一个很结实的男人，娶她了。骆小兰从那一天就开始姓骆了。

骆小兰和我同班，她惊恐、敏感，有时让人特别不好受。她进楼区的时候，总是贴着楼边低着头走，像怕引起人的注意。她从小学一年级就有了我们全班小孩身上加在一起的沉默和孤寂。

89

在一群小孩中她的孤寂像针一样，只要碰到了就疼。

邬德芳和骆熊像是关系很好，晚上吃完饭了一起出来散步。那时我能想象出骆小兰一个人在家里，在二十五支光的灯下，看着她同母异父的妹妹的样子。她像她妹妹那样小的时候，是不是有人告诉过她："你爸爸是坏蛋，被枪毙了。"肯定有这样的一个人告诉过她，那句话要经过什么样的体会，才能被她小小的心接受。

骆熊娶她妈妈时，她快六岁了。骆熊在这之前和她妈妈出去约会（那时中山公园一到周六晚上就有游园舞会），她是不是一个人在家里待过，她怎么在家里待着呢——在门窗锁好的房间里，她一定会整夜地自言自语，对着墙上的影子说话，对一盘剩菜说话。如果不是这样的话，也许她什么也不说，她看一本小人书，一遍一遍地看，等她妈回来。她坐在床沿上的腿够不着地，她看小人书时，头低着，她一直听着走廊上的脚步声。

邬德芳其实特别喜欢她，这从我们一起下乡后可以看出来。想想最初她与骆熊好起来的时候，她总要把心从骆小兰那儿分出来吧。我不知道那是怎么样的，如果有在月光下亲吻的情景，她也许要想起两个人，一个是死了的前夫，一个是独自在家里的女儿。她这种不经意的对爱的分心，也许更使骆熊迷恋吧。

我看见骆小兰放下作业去厨房切菜的那天，我也看见了她难得的一次笑。她站在一个小凳子上，拿着一把刀切白菜，切菜的声音从她的手下传出来，宏大而别有心情。她就是那时冲我笑了一下，是种不好意思的笑。蜂窝煤炉门打开了，火正要上来，炉上的水壶在响，这些都是她做的。我想不出她第一次做这些时是几岁，是邬德芳还是骆熊让她这样做的，不会是她自己要做的吧……菜切好了，她从板凳上下来，把开水灌进暖瓶。

在对骆熊的这个问题上，我和我爸爸看法不一样，他认为骆熊太诗意了，我没有这种看法。我先是有一点不理解，后来再想，一个男人到了邬德芳和骆小兰身边就不应该走开。娶一个女人时，把她的伤口也娶过来是最好的了，一个没有伤口的女人娶起来没什么意思，林妹妹可爱是因为她比宝钗让人同情，能生出那种怜爱之心。

骆小兰看护她同母异父的妹妹时，眼睛里不是亲切，是悠远。我总觉得那是她死去父亲和她的目光的综合。邬德芳嫁给骆熊后她一定会发现骆小兰的目光中那种亲切和依恋在减少（目光不会作假，除非你愿意受骗）。一个人的亲切无处搁置的时候，她让我们看到的是孤单。如果有幸福一说的话，那就是它有更多的摆放亲切目光的机会和对象。骆小兰一个也没有，那时我真不知道有什么样的方法能改变她的样子。

那时我还小，不会想到爱什么的，但我有拥抱她的心情，我想如果我是个爷爷或父亲的话，我一定要那么做。一个男人应该这样，一个让他心痛的女人应该是爱的对象。我后来非常敬重骆熊，他在院子里独往独来的身影让我感觉到了悲天悯人的男子气。

骆小兰到北大荒没有多久就病退回北京了，她得了肾炎，和她妈妈一样的病。她妈妈在她回来没有几天就死了，从严格的意义上来说，那之后她在世上一个亲人也没有了。

听说她把弟弟妹妹都给带大了，骆熊待她很好，也很隔膜。

　　一九七三年后就再也没见到过她，如果正常的话，她该结婚生子了，一定有幸福的机会。

老 北 京

赵二爷提着罩了白套子的"红子"笼,见了我说:"早啊,您!"我回:"您早,遛鸟去?"他说:"遛回来了!"

赵二爷的鸟笼总是很干净,拎鸟笼的手常年戴着雪白的手套,走路身板直直的,咳嗽时中气很足,忽地气从丹田升起来,啪一口痰必定在五步之外。老北京——我一见到赵二爷就会想到这三个字。

老北京,单指北京人中的一部分。不是因其年龄大或世代久居才能得此称号,关键要有一种特有的做派。比如言必称哥。金受申先生所著《老北京的生活》中录过的一段市井歌谣最为生动:"高的高三哥,矮的矮三哥,不高不矮横三哥。蒙七哥,诈七哥,小辫赵九哥。有人皆是哥,无我不称弟。"满世界都叫哥。北京人称"哥",四川称"哥子",李哥、王哥听着很亲近——四海之内皆兄弟也。也很江湖。"嗨!李哥忙什么呢?"大街上这么一喊,显着有人缘,有朋友惦记,很长精神。这类称呼最能显出市井情境。农民见面没有这样大呼二叫的,倘在地里扛着锄头,见面一笑一点头过去了，亲也亲，不在叫上。在人群中喊哥称弟是叫给别人听的，要不满街人谁去看你呀，市井嘛。我对"哥"这字很警惕，一可能不是老北京叫不出口，二也见过那种今天叫哥，明天揪脖领子拍砖头的景象，所以总觉这"哥"字，亲切得有点不实。

老北京的做派，或说"劲儿"与旗人制度有关。当时旗人的所谓"八旗二十四固山……按月整包关钱粮，按季整车拉俸米，家有余粮，人无菜色"（《老北京的生活》），什么也不用做，天天有吃有喝有穿，不劳不做不愁。除了花鸟鱼虫外，泡茶馆，泡戏园子，几百年的时间很培养了一种闲散的气度，到现在你还依稀可见。老北京的劲儿就在什么都见过、什么都知道上，个个像述而不作的大师，由国家大事到厕所跑水什么都能说得有见地、有趣。北京人最有时间，也最有消磨时间的方法，面对一件事，说的兴趣比做的兴趣要大得多。现在您找遍街上出摊的小生意者，问出一个是北京人来都难。非不能也，实不为也。有时这被说成是种性情，有时看作懒。

俗话"京民三品官"，此话大概也与旗人制度有关。"旗族人因头小有个一官半职，虽只是一名'马甲'，只有二两银子钱粮，也不免有些官派。"（《老北京的生活》）这官派出自在天子脚下的优越感。说是三品官，其实他七品的权都没有，所谓三品官也大概指他是三品官的样，说自己是见过钱、使过钱的主儿。您想呀，皇上是我们家街坊，您外省再大的官，我能把你放眼里吗？再怎么样，架子不倒。于是很惹得那些在地方上有一官半职的人

94

不舒服，原本被人高看惯了，到了京城被小老百姓吆来喝去，这怎么话说的。老北京这些遗风，也潜移默化地传进新的一代人中。那天与作家马原聊天，他说："你发觉没有，北京的小姑娘都有那么股劲儿，比如，她要赞同你的话，她不是说'对''是'，她说'没错'。乍一听，有些别扭，细想，感觉出来了。即使是赞同，她也不是附和你，而是像领导对下层的认可。圈阅——没错！凌驾你之上，很傲慢。"北京人大概对此没有感觉，但经他一说，我觉也真是这样。"没错！"这只是对你的一种评判，谁给了北京人评判的权力呢？这大概也是几百年修出来的。

如果一味地这样拿架作势，当年周作人回绍兴就不会待了没几天就想回北京了。北京人在架子之余，天生地有种消解自己的能力，话说大了，他会再用嘲讽自己找回来，不至使人生厌，很有点后现代的味道。如果说反讽的话，老舍先生大概是用得最纯熟也精到的，读过他通篇反讽的文章，那种劲儿很难拿。老舍的文章得益于老北京人的那种"味儿"，那是一种有声有色的、生动的味儿。

我从小在北京的机关大院里长大，原对老北京不该有什么感受，但接触多了觉他们说话生动，远不是大院新华体普通话可比的。再就是听他们说一些市井中发生的故事很觉有趣。曾听到玉渊潭遛鸟的一个老头跟人家聊天，说他舅舅原在琉璃厂做生意，卖给人一件赝品，过了不久人来找了。他不认账，一口咬定这就是真的。完了事，自己回家里把真的给砸了。说是怕他百年之后，真东西流出去，坏了名声。这类的故事很古怪，听了一直想

95

不通——他干吗要那么做？再一想这可能是做某类事的理由，但不可看作道理。老北京的这种聊天极有传奇色彩，实在是他们的另一可爱之处。

老北京人的习气不会完全地保留下去，很多东西被时代的发展所抛弃了，但也不会一点也没有地消失了，毕竟北京是金、元、明、清的几朝古都，养出来的劲儿很难一时踪影不见。好也罢坏也罢，自有存留，我这样的人也只有感受的份儿。

鸽子车站

鸽子回家叫"归巢"，很多鸽子一齐从远方比赛回家，叫"竞羽"。竞羽已是一种运动了。

在一个朋友家看到过很多奖状样的东西，高悬壁间。细看是"归巢证"，是一些有关他家鸽子的文件，很庄重，很荣耀。

他说：鸽子最让人着迷的地方，不是在天上，不是它闲散地飞翔，是它千里万里外回家的决心，是它在阳台上亲人一样的感觉……

他用了"亲人"这个词。他谈到鸽子时，像谈他的儿女、父兄一样满脸的眷恋和温暖，让一个来客觉出不是亲人的孤单。

他说：雄鸽最好的放飞时间，是母鸽刚下了蛋的时候，那时你把雄鸽送到千里外去，它想回家的急迫心情应了那句话"归心似箭"。它四天五天饥渴着回来，有时那身子已轻得像张薄纸。它像薄纸一样的身子落在你手上时，你满心只有爱和尊敬……

他又用了"尊敬"这个词，这不得不让我越过窗子，看着阳台上的那些灵物，觉出它们实在该算作是一种家庭的榜样。

一九七一年，到北大荒下乡三个年头了，我十九岁。一直没回家，原因是父亲在牛棚里关着，没结束审查。

很多朋友都回去过了，我没走。他们走时的兴奋和回来的沮丧，我都有了体验。这种体验成了想家时的一种自我安慰——去了还得回，就再等等吧。

劳动可以化解很多情感上的东西，干活吃饭——劳苦。想家成了间歇中的精神食品，偶尔在小油灯下，在黎明的一刻想想家，有种忧伤的幸福感（现在看，一个有家可想的人，他就不能说丢失了很多）。

年底，接到家里的信，想让我回家一趟。拿了信去请假。不准。再去。还不准。跑。一刻也不停，我算过日子，如果火车赶巧了，我正好在大年夜赶到家。这是一个让人兴奋不已的主意。

走时只有一个平时最好的朋友送，我上车了，子夜的车，灯火辉煌。他在雪地里站着，像个孤寂的物件，一动不动。我压了兴奋，不知说什么好，车开起来后，才急急喊了句：到了北京我就寄烟！……我能体会他当时的心情——送人回家的感觉，更像是送自己，把自己送进一片更大更深的清冷中，没了依靠……火车在黑夜的白雪上开着。有人上来，有人下去，慢车，它跟你的心情不一样，它把你的兴奋延长着。我一夜都在向那些戴手表的人打听时间，我算着时间和车次，生怕错过了下一次车。

到了哈尔滨我没出站，挨着站台找。找到那次车时，它就要开了。高兴，拎了包就往上冲。拦下了，问票。说没票，说上车补。不行，不让上。说我是知青，三年没回家了，想家，说年夜，团圆，父亲解放。不行。拿出信来说。还不行。

火车里的人在走动着，一时间感觉那是另外的世界，他们抽烟，聊天，喝水，在灯光中安顿自己。车头喷着白气，检修工在车轮上敲打。我奔跑着在几截车厢间求告。不行。门关上，车笛拉响。这车将开走，把一个年夜和亲人相聚的饭桌撞碎，把碎片留给一个在雪地上发愣的人。冬天的车站，那种绝望像冰结进了心里。车开了，明亮的车，从我面前开过。

接下来的事极富戏剧性（在我一首相同事件的诗中有过叙述）。

> ……一只手伸出来
> 是位老妇人，还有打开的车门
>
> ……这像一只天堂伸出的手
> 有力，坚定。我奔跑
> 拉住它，像拉住了自家的门环
>
> ……老妇人挽紧披肩，她的白发
> 被风吹乱。她说她是母亲
> 知道儿子眼睛里看见了谁
>
> 火车开着，像漫长的停顿

我想我已提前到了家

天下的母亲没有什么差别……

　　我回家了，给家里带来惊喜，是真正的惊喜。那种惊喜现在
已少。

酒的惦念

喝酒比不喝酒的多点惦念。天冷了，坐在屋子里听外边的风声，想着自己不是那个在风雪中赶路的人，就有了掩不住的庆幸，摸出酒瓶，慢慢把酒斟满，像与个熟朋友相对而坐。过会儿，伸手把它揽过来，慢慢到唇边，一碰，下去半盏，脸红了，耳热了。酒实在让人惦念。

不能喝酒的人，都说自己不会喝酒，这不会又好像没法学。就让他那只杯子空着，像瞪大了的一只眼。不会不是一种无奈，实在是一种不愿。真让他醉一次，或许能会了。

平生最怕劝酒，刚想再满上，人说："端起来，干了。"就没了满的兴致，躲闪起来，把个好好的酒冷落在那儿。想喝就自斟自饮，有朋友时也那样，不愿热了朋友冷了酒。

发愁的时候不喝酒，有愁发的生活实在是奢侈的生活。常没有愁，也没有乐，空对一瓶酒，喝一盅，感觉那酒也无愁无乐。想从酒里找出什么来，什么也找不出。

先会的烧酒，后会的喝酒。一锅酒，最好的是中流儿，酒花大，度数高，不上头，接下来一水舀子大家传着喝。就着残残的炉火烤咸鱼，咸鱼极咸，吃一点儿，用酒送下去，满嘴只有简朴的咸和辣，是最接近酒的一种喝法。

有时抱着必醉的决心去喝，反而越喝越清醒，以为酒通人性，它此时像位母亲在劝诫。就不再想醉，把剩下的"母亲"揣进怀中，冒风雪而归。

喝过酒写出来的诗，应该算是酒写的，大多数人都明白这道理。领了稿费先买酒，再给酒买半斤猪头肉，反正不能亏了酒。

对酒糟的知识，一般人掌握得不多。问过一同桌的小姐，她说是鼻子的一种，想想也对。

酒糟除可做饲料、鱼饵外，有一功效，一直未被发掘：热酒糟可疗疮（痔疮）。北大荒时，常看一患此疾者，于月夜漠然裸坐于酒糟上，脸上现出无限惬意。

与漂亮女人喝酒易醉，即使你否认，她也会说：你醉了。

曾做梦喝酒，醒来满屋酒香。

在北大荒，一次骑马，摔伤了腿。请孙姓车把式推拿，每次需酒一茶缸（一斤半），用二两酒揉腿，剩下的，他分三口干掉。然后对我讲相同的话："我是八路，我会唱八路的歌。"在我印象中，他比八路更像八路。

酒在你需要它的时候，没有了，补救的办法是：在酒盅里倒点白开水，然后仰头而尽，说声"干"，水也就有了酒意。

没用的钱

在北京皇亭子那条街上，有我十六岁以前的家。我自己的房间里有张大桌子，桌上摆盏木制的台灯，台灯底座的烟碟中，长年放着几枚旧硬币。

不知那些钱是从哪儿来的，也许是大人冬衣里忘了很久的零子儿；或者是在抽屉的夹缝中躲了很久，不愿再去当钱来用的"清高之士"。终于，它们还叫钱，但不能用了。放在烟碟中，与未洗净的烟垢为伍，一入夜，便被盏十五瓦的小灯照着，有些不明身份的感觉。

我曾试着把其中一枚揣进裤袋里去上学。它重重地坠下，一摇一摇碰着腿，告诉你：你有钱，你没有钱，你假有钱，你的钱不是钱。到了小学校，掏出来，抛一下，接住，再抛。别人要看，不给，揣回口袋，让他们生出些疑惑。

那些钱实在是没用，我试着把它们中的一两枚从窗口抛出去打懒猫，它们在地上滚过一遭后，停下来，反射着太阳的光，像眼睛。我不能把它们都抛了。

想换个地方来摆放它们，好像除了那废弃的烟碟，它们在哪儿都不合适，剪了张圆的白纸，盖住，使它们温暖，使它们沉睡，使它们死。

以为还在，过几天掀开看，一枚也没有了。问别人，都说不知道，再问一遍，大声地说一遍不知道。它们在白纸的隐蔽下逃走了，消失了，真的死了。钱怎么会死？

记起有一同学来过，好同学，想去问他，再一想，算了。他如喜欢，就让他保管吧。不把那白纸丢弃，还让它盖着，也许有天它们会走回来。

"文革"开始，一天下午被叫进教师办公室。我看见了教师桌上的那些钱币。问了：知不知道这些钱是哪儿来的，知不知道其中有一枚是×××像？回：不知道。问了：再想想。回：……钱是家里原有的，没什么来处可寻，原以为那钱上的人像是孙或袁。说了：回去写个书面材料。

没用的东西终于生出事来了，以后的日子很为那些钱币恼火。把那张白纸揭开，盼那些钱真能走回来。空的烟碟还是空的，空得如心。不知该写什么，实在写不出什么。后来，"文革"深入，那老师被斗，钱币事没人再关心。

多少年了，那些钱币不知去向，虽与我再没关系，但绝不会消失。即使在土里，在坍塌的房子里，在一只毛毽子上，都不会消失，因了它们曾是钱，钱什么时候都不会死。当初我错在用白纸盖了它，把它们看轻了。

孤独的境界

"小银刚刚在厩栏那里的井旁喝了两桶映着星星的井水,然后心不在焉地慢慢穿过高高的向日葵,回到自己的厩里。我靠着门旁的粉墙等着它,四周充满了芥末的微微芬香。"

这是希梅内斯《小银和我》第七十八则的开始几行。小银是一匹白色的驴子,希梅内斯——西班牙诗人,一九五六年诺贝尔文学奖获得者。他同时是位患有严重的神经官能症的病人。他在故乡韦尔瓦省的摩格尔写着《小银和我》时,那些村子里的孩子们见了他都会追着喊"疯子……疯子……"(我不知道那些孩子们长大后读到这些文字会怎样,也许那儿已经立起了诗人和驴子的塑像,喊疯子的人已烂熟地背诵着诗人的诗篇了。)疯子与诺贝尔文学奖的距离确实很远,人和人的判断是多么的不同。

这本书的献词,有一种译本是这样的:

纪念

安格狄拉

卡尔　　的尔　　梭尔一个

　　贫穷的疯女

　　她常常送我桑葚和康乃馨

　　我喜欢这段话，它使我看到一种生活，最心领神会的、在边缘的独自的生活。贫穷的疯女、桑葚和康乃馨，这是神给予的组合，我们该怎样去领会这一组合。

　　当然，你如果非要说这是本疯子写给疯子的书，我也不反对，这世界正常的东西太多了。我非常反感亚玛古尔堡给希梅内斯颁奖词中的一句话——"实际上，诗人与疯子常常是难以分别的，但我们这位诗人的疯劲却表现在高度的智慧上。"

　　孤独、通灵术、疾病的希梅内斯和一头驴子在摩格尔那个村子的合谋，才有了《小银和我》这本书。我不知道该怎样来转述希梅内斯的孤独，所有对孤独的转述大概都没有文字带来的想象更确切。在书里有这么一段：

　　"每次我们到狄兹莫酒店去时，我总要沿着圣安东尼奥街的墙转过去，走到关闭着的铁栅门那儿看一看外面的田野。我把脸贴着铁栅，睁大双眼，左右巡视，如饥似渴地将目力所及的一切尽收眼底……"

　　我说不清楚读这段话的感受，我其实也说不清楚读《小银和我》时的完整感受。

　　我想了很久，只想出了一句话——孤独是很高的境界。希梅内斯在摩格尔那个村子中的孤独让人觉出温暖，温暖得疼。希梅内斯没有想做隐士，他和那些寻常意义上的隐士不同。他是被尘世拒绝的人，他看到的美是我们一百双眼睛加在一起也看不到的，他孤独没有抱怨。他独往独来，自言自语。他孤独得那么深入，像受过他的影响的另一位诺贝尔文学奖获得者女诗人米斯特拉尔所说："他的朴素自然和阳光的照耀一样，但他却不知道自己的天真精纯，一如我们没有察觉到他的出世，直到有一天我们发现了他，我们才仔细地听，仔细地看，恰似不经意间见到一朵奇花异草，我们禁不住叹为神迹。"他的孤独是神迹。

希梅内斯没有去斯德哥尔摩领奖，他的致答词也很短。他说："由于受到愁思和疾病的纠缠，使我无法离开波多黎各……"我想他是不愿意离开自己，去被那些不相干的人包围。他提到了"愁思"这个词，谁会在致答词中用这样的一个词呢。

我曾买过很多本八角七分一本的《小银和我》（人民文学出版社第一版）分送朋友。送的人多了些，以至他们有人问我："你怎么谁都送呀？好像这本书是你写的似的。"这话使我意识到有些人并不是特别喜欢这本书，就像你并不是特别欣赏邻居送来的菜一样。这种怅惜不应该惊奇。

除了《小银和我》外，希梅内斯还是一位"二十五卷诗集"的作者。我读过傅一石先生译的他的几首诗，其中一首《守夜》是这样的：

夜正离去，一头黑牛——
一身哀痛、恐怖、凄惨的肌肉——

107

面临所有杀戮的忧惧，冷汗直冒，

正以巨大的怖栗咆哮着。

而白天进来了，一个年轻的孩子，

祈求着信赖、爱和欢笑，

一个孩子，给遥控着，由某种

奥秘，

在终与始相遇处，

在某种光与影的田畴上，

玩弄着一刹那的光景，

跟那头奔逃中的黑牛。

我喜欢这种具体的想象，这样的诗像冬夜炉火前凝神的故事，温暖而有火焰般的心驰神往。

《小银和我》显示出的孤独非常坚定，一个整天和驴子说话的人，他像在另一个时间中生活，像一个麦穗永远被留在地里了，那种远是绝望的远。更多的人在用孤独诉苦，给别人伤口看，或者把自己当作一面冰的镜子，照给人冰冷。而希梅内斯却充满了原谅和热爱，这也许就是他最能打动我之处。再读读那段献词吧：

……

卡尔　的尔　梭尔一个

贫穷的疯女

她常常送我桑葚和康乃馨

一日三得

旧书上说，太监一日之中别的可以不问，但有三件事必要问皇上，即进得、出得、睡得。进、睡好理解；出得原不知所指，后想过来了，是俗话说的拉撒。北京人把这三件事归为五个字：吃喝拉撒睡。市井中语言常是这么说的：我什么不管你呀？吃喝拉撒睡，哪样不操心你他妈的也活不下去……是句实话，人要活，最不能少的是这三件事五个字。真到了进不得也出不得的时候，那人就该一睡而去了。

按说这五个字无轻重之分，抽去哪个字也不成。但要在一般中较斤两的话，人对吃喝睡三样更重视些。举个最简单的例子，人们常说吃好、喝好、睡好，倒不曾听谁说过拉好、撒好。"出得"这桩事，大多被看作件最自然不过的事了，一出生就会吃会拉。婴儿身上两种味——奶味、尿味是明证了。若有吃有睡，拉撒就不成什么问题，俗话是活人不能让尿憋死了。

去故宫参观，太和殿、乾清宫、养心斋一路下来。突然听一个小孩问他爸爸：皇上拉屎吗？爸回：拉。问：在哪儿拉？回：

在厕所。问：皇上的厕所在哪儿？爸顾左右遍寻不见，回：……这孩子，这么好的宫院你不看，总问厕所干啥！说：我想上皇上的厕所去撒泡尿。说：你到那儿撒尿也不能尿出金子来，皇上的厕所能让咱看吗？

听了这段对话，突然想起，这故宫少说也来过十几趟了。几大宫殿的门也进过，窗也趴过。条案古玩，字画被褥，都看到过，独独不见一间皇上的厕所。就"进，出，睡"三件事来说，听过御膳房，龙床玉帐，没听过有御厕一说，皇上的厕所什么样不在介绍之列。许就像那个与历史大有出入的《末代皇帝》中所演的，皇上左右时时有一端马桶的太监随侍？

不得要领，有关厕所的问题又不好意思轻易问人。写这篇文字原也不是要认真地讨论皇上厕所的问题。话实在是一桩尴尬事引出来的。

街上的饭馆越开越多，饭馆开出来就有人去吃，满坑满谷，扎啤如流水。那日有朋友约了去一闹市喝酒，走热了酒喝得快些，两扎下去便觉内急，正准备告歉，又逢一个不得不答的事。忍住将话说完，急急离席，问后知此间没有厕所。仓皇出逃，奔到街上问了三人都说不知，朝一个方向急走，本着总会找到的决心，咬牙切齿夹紧了腿穿行。又问一人，再说不知，脸上冷汗就下来了。这般如何是好，要么憋死，要么转身对着那面橱窗就地解决了吧，文明脸面再顾不得了，性命要紧。正要决断时，看见左手胡同中有一华丽古建筑，檐下正是此时可救命的两个字"厕所"。跑到门口，一人大喊：收费！急急搜兜，那时想若没带钱，此番可要了洒家的命了。有钱，给了他等不得找，就冲进去。

那短暂的动作突然有种幸福感，紧张全消，想着人生中美好之事恁多，把憋急了的尿撒出去该算是一桩吧。

回去看着一家家新开的饭馆，进餐的进餐，进账的进账。杯觥交错间，等会儿会有几人如刚才的我，苦苦为一泡尿发愁。

想起天津原有一种小孩的恶作剧——憋老头。几个小孩同时占住蹲坑，让他们平日所恨的老头无法上厕所，憋着，出不得。如果满街盖起了新饭馆，而一间厕所不盖，光想进不想出，那像不像一种社会的恶作剧。

臭豆腐的灵感

绍兴黄酒"善酿"，其制作工艺与"加饭""花雕"等不同，据《浙江风物拾趣》载：

清同治年间，绍兴沈永和酒坊第三代沈酉山，想到祖上别出心裁用酱油做酱油，那么何尝不可以酒做酒呢？遂用精白糯米做主料，以元红酒代水，开创了绍酒酿造的独特风格。一八九二年的一天，沈永和酒坊把储藏了几年的这种独一无二的酒开坛酬宾，得行家赞赏，无不称这是"善酿，善酿"。善酿酒由此得名。

以后又于一九一四年、一九一六年分别得南洋劝业会金奖、巴拿马赛会第一名。

以水酿酒，以酒酿酒，一字之差，一念之差，便可得一新，得一传世之作。听听容易，想想其实不易。常人循规蹈矩，真告他剑走偏锋，他也许不敢。此一念实是破壁的一念，冥冥似有神助。

我每至秋来，愿喝黄酒，也只是三杯两盏，求个暖和。喝过绍兴的"加饭""花雕""香雪"，即墨的"即墨老酒"，江西的"封缸"，福建的"沉缸"。独没喝过"善酿"，不知它能善到什么程度。

一九八八年，一行诗朋酒友由杭州经绍兴、兰亭、天台去黄岩和雁荡。到绍兴正是中午，到一店打尖，自然喊着要喝黄酒。酒上来了，原以为是那种黄泥头、凤凰衣的陈坛子，不然，酒瓶与北京商店中卖的一样。那要想喝出孔乙己、阿贵的感觉就难了（有时形式非常重要）。

吃了饭去街上转。三味书屋、百草园，全不是想象中的那样；咸亨酒店很小，曲尺柜台很低，那地方像是容不下孔乙己苍凉的买酒声。文字带给我们的景象无迹可寻，也许不必去寻。

有种食物，鲁迅先生不知提到没有，那次去绍兴，唯此物久留心中，现在想起，还有余味于喉齿间往返——是街上随处可买到的油炸臭豆腐。臭豆腐一小块一小块地穿于竹签上，一排五枚，放在油锅里炸，其味香臭兼有之，也不失为一种来自灵感的东西。

臭豆腐的发明，《古玩史话与鉴赏》中有一小段记述：

咸丰年间，有位南方人带来北京一坛豆腐。殿试落榜，豆腐放的日子长了，打开一闻臭了。因是个穷举子没钱买菜吃，就凑合着吃这坛豆腐，觉得还能吃，有股特殊的臭味。后来，经他研究，发明了臭豆腐。这个人叫王致和。

不知是否如此，倘真，那这臭豆腐的发明就与念头、灵感没关系了，实在是无奈中的偶然。

一天中读到的两篇译文

一天中，我读了罗素同一篇文章的两种译文，一篇译作《我为什么生活》，一篇是《我为何而生》。两读此文的时间大概相隔有七个多小时。

说不清为什么有这样的巧合，两册书原有很远的距离，一本是床头的杂志，一本是藏在书柜深处，早几年买回的散文集。读完第二遍时才反应过来这话好像已听过，这样懵懂着被它骗着读了两遍的文章，原并不多。

那一天本想什么事也不做，躺在床上懒过去，不想就被这篇自白兼说教的文章一再地打扰了。"我为何而生"除了表白外，更像一句问话，那种假问真教诲的文体，我一向很熟。

那天我其实读了不少的东西，一个半中篇小说和两张八版的报纸，但我从没有想过"为什么而生活"，在第一遍读过那篇文章后我也没想过。当时我只是觉出了那是一位哲人对生活领域划出的界限。他说："对爱情的渴望，对知识的追求，对人类苦难不可遏制的同情，是支配我一生的单纯而强烈的三种感情。"他把一生的感情说得复杂也单纯（此前，我曾读到萨特的一句话：

115

我一生唯一重要的是写作），我想罗素的三种感情，常人能把一种推向终点就不寻常了（当然哲人大师该比不寻常更不寻常些才对）。

除了爱情、知识、同情心外，罗素没有再提别的，他没提到名利、地位、贡献、性等等。这些东西也许没有，也许有但不强烈，所以他没说。

在读过第二遍后，我坐了起来，觉得他的言说不厌其烦分两次地教诲了我，我应该问问自己，"为什么而生活"。

问过几遍后，没答出来。我是常人，没能说出一些可供人效仿的话来。我内心有想法，但怕说出的一些话会捆束生活，那样的表白后，我回到生活中去，会觉出不顺心，觉出一种话语后的生活失真。比如，我发现过爱情的结局是厌倦，同情之外有时会闪出一丝对自身的庆幸……这些感觉并不受理想话语的支配，不知为什么就出现了。它们出现，使我失去了说豪言壮语的勇气，而罗素在一天中把这些话对我说了两遍（伟大的人毕竟不同）。

我倒愿意说"我一生唯一重要的是写作"这话，之所以是这，因为它很具体，比爱情、知识这些来得具体。我对知识有时也怀疑，知识有时会让人说自己没弄清的话，尤其知识有时被头衔带出来时更这样（这话似已偏离了罗素的本意，但我知道有些人能懂）。

我把同一篇文章的两种译文摆在了一起，让它们相认，让它们各自对照，像一条旋律中的两个声部。我记住了那三点，我用威严的声音代替罗素向我宣读了那三点，我的声音有些陌生，像一味名贵中药的替代品。

读过之后，我去厕所解手，解手的过程中，遵照一位朋友的告诫，咬紧牙关（朋友的告诫不能不听），当我松开口呼吸时，我在厕所的镜子里看见了一张涨红了的脸，是一种情况下的我。看着自己，忽然对"为何而生"有了一个简单的答案——就为活着不脸红而生吧。在这样的境地想出这样的话，无论怎样，对我来说都不能算勉强。

读韩作荣《无言三章》笔记

1

"诗是不可解释的，然而并非不可理解。"如果帕斯说得不错，那么你最初读这首诗时，就别抱有去透析去界定它的想法，那样只能使一首诗歌变小。你最好把自己加进去，把生活的经验加进去，走过它，像我们从春天走过秋天一样，带着作物出来，别管那作物是诗人的还是你的。

2

这首一百七十行的诗总会使我们看到血液，它总有机会穿透皮肤和骨架，让你接近心脏。这些更主要的来自信念？词语？思想？节奏？或都主要？从另一面"对诗人来说，词语及其发音方法比思想和信念更为主要"，我们如用布罗茨基的这句话当作阅读这首诗的钥匙，那么你可能会更广阔地打开这首诗（这钥匙同样适合于李商隐的《无题》）。

"用抽象的语言来界定感觉"，这是诗人最近对诗歌创作的独有心得。这是一个新的概念，而我曾长久地习惯用具象去接近感觉，用种种手法来证明词语的苍白与乏力。"用抽象的语言"这也许是一条更有速度、更直接的路，这已引起一些诗人对词语的新认识，这一意义或许会超出这首诗本身。

在词语之外我们别忽视了诗人用词语组合起来的"自语"式的韵律，注意那些总是使节奏平缓下来的、句尾的双音节词。

3

接近一首诗的方法要一行行地连读外，拉开距离在远处张望，或许可以更完整地得到这首诗，尤其是长诗。这种张望也可以说是对整首诗结构的把握，结构于长诗来说该更重要，我们对单一线性的结构已不能习惯也不愿接受了。

《无言三章》是稳定的三段体，它使人联想到交响乐中的呈示、展开、再现的三个部分，诗中第二章对爱情的绵绵自语像交响乐第三乐章中小调的左顾右盼。这也许是一次巧合，是有效的巧合。

4

第三章中不断地提问，你会感到什么？思索的不停顿重新开始？无奈？智的眼睛？悟？情感片段？……一个提问者与下断语者的不同在哪儿？什么人更接近诗，更能表明，或者说更智慧？

5

无言终于有了得到诗的时机。

6

在诗的第一章中，我们会感到诗人的生活的确经历了什么，但我以为这不重要，关键是事情所带给我们的"它之外的那些东西"。石子消失了，水纹在波动，一环一环的水纹，让人进入凝思的水纹，与石子不再有关的水纹。诗人告诉我们的是这些。

7

如果我们简单地把第一章归结为"怨"的话，第二章是"爱"，第三章却很难确定。不再倾诉的诗人进入独白——疑问，拒绝，清醒，迷茫，像永远说不出的内心，像哈姆雷特的"生存还是毁灭"。它的多义性像自话自说，又像冥冥中神在说。

8

主观往往是诗人力量的表现，"主观"这个词你再读一遍时，会觉出这个"主"不仅只包括你，它有神性。诗人能否主观，是其诗是否专一、主宰、飞升的关键（这儿的主观有别于偏执，恰恰相反）。

《无言三章》的无言，是某一程度上的自语，诗歌意义上的主观自语。"在和自己争论时，产生的是诗。"（叶芝《人的灵魂》）

9

近日曾与诗人讨论过中年写作的问题，一个进入中年写作的诗人，他是否有能力使诗歌依旧选择他，像四十四岁时写《秋兴八首》的杜甫，能否"晚节渐于诗律细""语不惊人死不休"？是否能意识到冒充年轻是虚假和乏力的（其中包括冒充自己的年轻时候）？

"人世的我，能否做到豁达与平和，学会忘却，将忧伤也写得透明？也许，我只能在冷漠中寻求热烈，于嚣闹中求得宁静。"（韩作荣《充盈与虚妄》）我们该把《无言三章》看成是个标志。

10

　　我们在选择诗歌时，诗歌也在选择我们。对每一位诗人来说，更多的时候处在被选择的地位。圣琼·佩斯说"诗人是为我们扯断习惯这根线的人"。一个有能力扯断线的人，才可能被选择，而我们越来越深地意识到，扯断线除了勇气，还该有力量。这力量要靠勤奋的积累才能获得，我常为诗人韩作荣那种不懈的追索精神而感动。

原野印象

坐地铁，西直门上下，总会听见有人喊"赤峰的，赤峰的……"，是长途车在招客。他们把"赤"读成"尺"，男女都这么读——"尺峰的啊"，尾音有一声很短的"啊"。

赤峰原来有个原野，现在没有了，现在的原野去了沈阳。

一九八八年在《草原》上读到一种很怪的文体——字条集，是原野写的。问健雄原野是谁啊。说是鲍尔吉·原野。说写得真好。说就是。

原野的散文，读到今天，读过了不少，依旧爱读，借个他常用的词是——高级。

散文作者，我觉得先一个重要的是说话人的姿态（诗歌曾提倡过一种谦卑精神，其实也是种姿态）。姿态有俯，有仰。俯也好，仰也好，看着都觉出累，可取的许是平直，按古人的话是温良敦厚。原野散文中读出的亲近感，先是得于这种不拿捏、不扎架子的姿态。有话说话，或笑或骂，真性情不是做出来的，不凌驾也不献媚。散文一道，我看现在最不缺的是那种时时有教于

123

人，或每刻想捂块手绢找你倾诉的几路。

原野散文，喜用短句，平白，直接。他这么说："山坡上，有一棵孤独的高粱，他的身边什么也没有，山坡的后面是几团秋云，高粱脚下的茇迹证明，伙伴们被农人割下，用牲口运走了。"（《雅歌六章》起首句）原野在意趣中经营语言，他更注重言语声音造成的乐感，那种平缓的节奏有时显出一种智慧的拙来。声音带给我们阅读时的愉悦（文章行进中，我个人认为更重要的不是词或意，是声音。想起曼杰施塔姆的话，"在整个俄罗斯，我用声音创作"）。声音会带出一种说的效果，原野散文即使再加进生僻的字，也像口语的说，而不同于书面的写。这种文章凭空有了一种即时性，像脱口而出，简捷，精到。

短散文想写丰富很难，往往有人话说满了，觉得一个想头还意犹未尽，读着也是个线性的结构，看不见转，也看不见游离。原野散文，摇曳多姿，出口快，说出来便再不拘固，一生二，二生三，生生不息。给人的感觉是一句话又生出一句话来，自由，总有意外，总有活力（可以参见《雅歌六章》第四）。

散文一道，有人有才，重感觉，好煽情；有人有识，爱晾书，说道理。就这两种比我还是偏爱前者，觉出新鲜有创造力。当然最好是才识均占，这类人现在也难找，"五四"后那些学贯中西的大家，我们真是仰之弥高。但散文一路也不是一位大家便可八面威风全占尽了的。他们儒雅、风趣中总还少些天真无赖气。时代至今，再要学绅士布尔乔亚，再要文人气十足，于我辈一是太有些勉强，再是也忒嫌酸腐。以自嘲、反讽来说话，比先辈总多了些袒腹东床般的轻松，也不妨看成是种超然。

我个人非常看重原野的这种风格，心向往之。

原野散文题材之广，也是我最近读他作品多了之后的体会。音乐、绘画，小事、大题都写，都写出新见解。他处理题材上最能小题大做，举重若轻。这大概就是技艺之外的功夫了。

散文随笔，文体语体的丰富能显出一个人的驾驭能力。上边提到的《雅歌六章》是原野的一类文字，还有一类是专写生活小景的。就不再抒情，或全是对话，或全是白描，如写哭，写笑，写吵架，都是寻常生活事，熟得不得了。这类文字十分难弄，真要写出一种熟悉的陌生来，才能见新鲜，否则了无意趣。原野看事给我的感觉，很像一句话"白眼看青天"，有其不同的视角和不同寻常的准确。笑也像局外人的那种窃笑。这使我想起卡内蒂的一部小品集《耳证人》，也是尽写俗人事，通篇反讽，由题至文全是这样，给人感觉更多的不是幽默，是智慧。生活小品，有大师幻觉的人大概不屑写（不过卡内蒂也是诺贝尔文学奖得主，是不是大师不敢说，但绝非等闲之辈），常人写，又最易流俗，稍不控制便转向油滑。看过老舍先生的《幽默诗文集》，也有通篇反讽的，十分生动，是种大幽默。就我读到的小品文中，有此种笔法的现代中国作家真是少而又少，不敢说是高低的标准，可以说是种能力吧。

最近看到的原野的一篇《为猫狗征婚》，也是这笔法，足见其手段。

如今写散文的人也多，一辈子只写一篇（种）散文的人，终归有些枯燥。文体的丰富，我觉是散文活跃的根本。

年初，阿坚同原野来。第一次见他，发现他比我想念的那人有不同。觉他哪儿都要长些，脸长，臂长，身长，足长。言语机敏生动。

邀酒。说刚戒了。说酒把人喝病了，一张白纸放手掌上，抖得哗哗响……于是闲聊，特畅快。

《走长城》读后

　　有些人七上黄山是为了"搜尽奇峰，打草稿"那种接近自然，有着一个极大的世俗的目的。有些人徒步走这儿，走那儿，他们把宗旨和目的写在衣服或小旗子上，广布天下，他们把险恶的大地当作舞台，表演着一种悲壮的孤寂给人看。这没有错。每个人对生活的理解不同，有的人内心期待着看他的目光，有的人没有这种期待。

　　很多徒步在天下行走的人，他们的行踪都变成了事迹。一个可以把行踪化为事迹的人，不是寻常的人。他应该称为英雄，他的事迹也是英雄般的事迹，细数下去，他的冷遇也是英雄般的冷遇，他的饥饿也该是英雄般的饥饿……

　　《走长城》不是这样的一部书。这本断断续续走了四年、写了三年的书，不是一本你刚一拿起就能想出来的书。它几乎是一本不为外人道的书。作者肖长春一九五五年出生，经历过"文革"、插队，后来他到语言学院本分地工作，"单位里都说我是好人"。这期间他画画，写诗，于一九八三年一月开始利用寒假、

127

暑假有目的地徒步行走，先后走了长城、黄河、云贵川。这本书刚一出来他又去了宁夏。

这同时也不是一本开宗明义的书。作者写这本书的目的，大概与你读这本书的目的一样——都想弄清楚为什么要这么一步一步地在大地上行走。作者在书中一直探寻着自己的内心，走，是他思想着的一种形式。这是一本细述心灵的书。

书的结构由三部分而成。现实的：独自一人沿着长城行走；过去的：高中和插队时的生活回想；再过去的：儿时的与疯母亲相依为命的记忆。这三部像三种颜色变换着一个步行者的心情。儿时的记忆追踪过来，肖长春就像在长城下奔跑的逃犯，这是他走长城的目的之一，他要摆脱儿时的一些记忆。高中和插队时的生活，由两小部分组成：一部分是力量，一部分是爱情。每写到这一段他就充满了怀恋。在走长城的路上，他又变成了一个寻觅的人。摆脱和寻觅，使得他在长城下的行走都变得不重要了。

现实中行走着的他变成了一种附属，你可以理解成一个回忆着和思想着的皮囊在行走，他靠这种方式摆脱或进入。整部书的行文像一首长长的不断的挽歌，有着忧伤和温暖的调子。语言朴实而极为诗意，不是那种陈旧的诗意，是生动的、新鲜的。

一个在城市中的人很难显示出力量来，一个在荒漠中不停行走的人他的力量在身上也在心上。表现这种力量大概是每一个走长城的人无法避免的，我们也许会把一个人割破手指写情书看作矫情，而不至于把没完没了地在长城边上走的人看成矫情。但肖长春把走长城也归入了矫情中去，他在不停地走着，在整部书中他不断地消解着这貌似壮举的壮举。他写了自己为了蒙人一碗热汤面而使用的心计，写了自己在饥饿时怎样地抢了小孩的一块干饼子吃，写了他对村姑娘的邪念，写了他对自己行动的嘲讽。"终于走到嘉峪关城门前，此时我浑身尘土破衣烂衫，身后一条癫皮狗跟着。……既不悲壮也不豪迈，我忽然感觉自己是溜着一道挺长的墙根儿走来的。"

看完书，我终于认定他走长城本身只是一种思想的方式，罗丹的《思想者》是一个手支着下颚和膝盖的人，而我以为凡·高的思想者是一个大步流星在田野中撒种的人，肖长春则是一个独自在路上行走着的思想的人。这本书的副题可以换成"一个思想者的经历"。

肖长春是个诗人，这并不是说他一直在写诗，是他写出过诗来。这本书的语言平实而准确，每一个写书的人都能体会到准确是多么难，再加上他的想象和神游，这本书使我想到了热内的《小偷日记》，我觉得它们几可媲美。

一次谈论之后

　　一朋友来，问什么人才可称为诗人，什么才是诗。朋友有学有识，一个有学有识的人来问这样的问题，总使我想到问话的背后。那一晚，为了诗人的名誉，自己显得异常敏感，滔滔不绝讲了些甚至没有说服自己的话。深夜，想到了那些随时可见的一部部新诗集，一本本新刊物，一种种新道理。对朋友的问话自有所悟：诗人？也许是最易浪得的一个名声。

　　真到了要提问的时代了。

　　什么是诗人不是由一个人来回答的问题，什么是诗有时就是个说不清的东西。各人所见不同，总不能让科洛律治来认同金斯堡。这样比并不荒谬，中国新诗以来是个荷马、庞德、歌德、兰波、雪莱、艾略特……并存的时代，没有新旧之分（对一个包括战乱、"文革"在内只有七十余年的新诗史来说，什么都是新的，这种新是宽大的、平面的，没有时间顺序）。在这里，过去的不觉其陈旧，新的也不见其光亮。拿来用都成立，没有人对你的史诗笔法、十四行笔法、后现代笔法提出异议（有时这种快速的进化也可以被一个人在短时间内完成）。都有根据，你的作品都有经典的对照（虽然，你只对经典的译文有所涉猎——我亦如此）。我们经历了一个怎么写怎么有理的时期，诗成了一个人人可为之的形式（注意：没人说这个时期不必要）。这一时期因其包容过大而显得纷乱，负担沉重。我们曾充满热情且严肃地维持着这一时期。我们现在也许该想到清理和检点的时候到了，如看不到这点，那么前一个时期我们的热情严肃就像个玩笑。

我没想这样，所以在朋友的问话中，我要对诗人这一名誉全力地维护，我也该对所做的深深地反省。

卞之琳先生在他的《雕虫纪历》自序中谈到了"我们用白话写新诗，自由体显然是最容易，实际上这样写得像诗，也最不容易，因为没有轨道可循"。梁实秋先生一九八七年还在说"……不过新诗的形式依然尚未形成，直到如今依然没有建立"（《岂有文章惊海内》）。梁实秋的这段话大概是没有看到大陆诗歌而说出的，我们先把它当个片面的断语吧。但就新诗的年头数过来，她的确太匆忙，她自身的建树也太少。我们可以引以为鉴的无非是从"两个黄蝴蝶，双双飞上天"到现在七十几年中的为数少而又少的诗歌，这少而又少中有些什么可用来做文本经典还有一问。不得已自然要大量地阅读译诗，这种不得已算起来是与新诗同步而始的。胡适先生在译过《关不住了》（Sara Tesdola *Over the Roofs*）这首诗之后，曾有一段话："六年（1917）秋到七年底——还只是一个自由变化的词调时期。自此以后，我的诗方渐

131

渐做到'新诗'的地位。《关不住了》一首是我的'新诗'成立的纪元。"要用一首译诗做自己新诗成立的纪元，这也许可看出些胡适先生初创伊始的艰辛和无奈。凡读过这首诗的人都会察觉，与胡适先生的其他诗相比较，其光彩卓然不类。这个纪元一直延续到了现在，我想我一辈人都很习惯读这类诗并一直在写这类的诗了。这是一个还要延续下去的纪元，而胡适先生的《蝴蝶》《鸽子》那类真正独创的诗却几近木乃伊了。

我不知话说下去，是否就该顺着说——我们的新诗是沿着一条译诗的路走到现在的。我想我不能做出这一判断，我此时还是一个提问者。

读到清嘉庆年间华广生编撰的《白雪遗音》中的一首白话歌词，引五句为说话的根据。

  我今去了，你存心耐。

  我今去了，不用挂怀。

  我今去，千般出在无奈；

  我去了，千万莫把相思害。

  我去了，我就回来。

将每一行的前半句合起来做一比较，发现微小的变化，实在是从节奏上从意味上都有可领悟可言处（此处不细说）。嘉庆是一七九六年后，距胡适先生作白话诗有一百余年，此歌词是否更远？

想至少要远于嘉庆。我们读白话诗概念上是从《尝试集》开始，在《尝试集》到现在少而又少的年头中，真要找那些可描摹的文本就要再加个少而又少。读过包括冯梦龙编撰的《明清民歌时调集》后，不免想何不将《尝试集》这一界限破一破，再往前寻，也许会找到些我们今天可借鉴的白话诗最本质的东西。

"白话不是从'五四'才开始的"是个老话题了。不知胡适先生当年赌一口气，非用白话写诗时（见唐德刚译注《胡适口述自传》），为什么不举些个《白雪遗音》类的歌词来与那些反对者辩。就上五行诗看，放进即使比胡适先生稍后一点的徐志摩时期，也并不比"轻轻的我走了，正如我轻轻的来"逊色。

不过话说回来了，真举了这个例子，谁该算第一呢？

我们或真就固于这第一之中，不知百七十余年前尚有根在土里。

终归要用自己的语言作诗。汉语白话的规律，它的有别于旧白话，又不同于译文的白话，它的音乐性以及一些尚未被更全面有效地运用到诗歌中去的其他功能，总会被确立，被完美地运用。我们不能也不该回避"格律"这个词。读到《外国文学动态》中一段布罗茨基的话："……我力求在英文版诗歌中保持其原有的全部形式，韵律和结构。举个简单的例子，我觉得把一首格律诗译成自由体诗的时髦做法是难以令人接受的，这无论对作者和读者都是一种偷梁换柱的行为。因为所有的现代诗人都把运用节奏和格律当作一种明显的道德姿态。罗伯特·弗罗斯特曾说过，写自由体诗时就好像打网球时把球网放低了。用俄文写诗球网相当高，而用英文写诗时，球网就更高了，这是英文诗歌的传统比俄文诗歌更古老。"

盼望有人对汉语白话做更深入的研究，我们到了该更具体分析"怎么写"的时候了。一些诗人将展示出前所未有的可能，还有一些人将如"走了电的电池"，再也不能发出"旧日的光焰"。

附录：

关不住了

我说：我把心收起，
像人家把门关了，
叫"爱情"生生的饿死，
也许不再和我为难了。

但是五月的湿风，
时时从屋顶上吹来；
还有那街心的琴调
一阵阵的飞来。

一屋里都是太阳光，

这时候"爱情"有点醉了，

他说：我是关不住的，

我要把你的心打碎了！

（胡适译）

一九九四年世界杯笔记

看足球很怕独自一人，一人看球有话不能说，有心得不能交流。这些文字是我一九九四年一人看世界杯时记在一个小本子上的。今年夏天看过欧洲杯后无意中又把这小本子找了出来，时过境迁，但那年世界杯的情状还历历在目。

足球之魅力在于它总是不进球，霍地一进便是惊喜，让人不由自主地大叫，忘忧。

只是世界杯之际，这种幸福的惊喜消费得太多，以后的日子颇凄凉。

射守门员够不着的角，不是技术，是神助。

看着看着球想起相声中老太太说的一段话："哟，这么多人抢一个球，干吗不多发他们几个呀？让他们一人玩一个就打不起来了。"此类话语对足球的庄严和英雄气概最具消解作用。所幸，世上多数人不是老太太的同志。

有个守门员扑住了势在必进的六个球，一个原本不该进的球反而进了。解说员把这称作"成也萧何，败也萧何"。想想这是天下说得最有道理的一句废话。

办公室女同事爱看球，喜欢隆巴多，说他越秃越显出年轻来了。她还知道克林斯曼的星座。她说世无英雄，美女爱球手只能算是时代中的聊胜于无。此类女子只可与之把盏话球，娶回家的心是没有的，爱恨难以摆平。

在没有我们伟大祖国参加的世界杯足球赛中，我们那颗需要依靠的心无处依傍，退而对亚洲的球队倍加青睐。在亚洲队也没有了的情况下，所有的喝彩和谩骂都变得有几分盲目。

有个教练在评价德国队时说：他们有一头金色的头发，有强健的体魄，但我们并不怕他们……

金发和怕与不怕好像没有联系，一般让人害怕的是绿头发。有一首歌叫《金发珍妮》是唱爱情的，和德国队也没什么关系。唯一让我觉得有点准的一句话是在很多"二战"电影中都用过的台词——德国人来了！

"英雄"这一称号已不能再给大卫、阿喀琉斯或秦琼这些人了，这也是再写不出荷马史诗的原因。

斯托依奇柯夫说：在巴塞罗那队是踢球，在保加利亚是爱国主义。"爱国主义"的斯托依奇柯夫那天黯然失色。

球员在踢球，观众在唱歌跳舞。足球是文艺和体育最好的结合典范。

对获得点球的一个提示——在禁区中倒下比奔跑更重要。

美国抬受伤球员的服务者中有很多是女的，很健壮。她们给激烈、刺激的男人球赛中带来了一些柔和，虽然这柔和极为有限。

解说员把某些著名球员比作"尖刀人物"，当这些尖刀人物表现不佳时，解说员为什么不说他是个"银样镴尖刀"。

把前锋造就成英雄的是敌方后卫，把后卫造就成英雄的是敌方前锋，把守门员造就成英雄的是自己人。

什么叫权威？就是总说错话，所有的预见都将落空的人。正如贝利曾预言那个每打必输的哥伦比亚队能夺冠一样，让人有多少眼镜也不够跌的。

而权威的话对哥队的作用却是显而易见的，他们在场上充满了幻觉，好像冠军已经拿到了，因为是贝利曾这么说过。

　　哥伦比亚的埃斯科瓦帮美国人踢进了一个球。球进了之后，我们没有看到惯常的进球队员的狂喜，而是看到那些并没有踢进球的美国队员抱在了一起。他们没有中心地相互间摸着头拍着膀子，他们没有过去抱抱埃斯科瓦安慰他一下，这个进球的奖金将寄给谁？

　　凌晨看足球，像是在梦里看的，偶尔有对面楼中喊"好"的声音传来，是个女人的声音。不能与之共度良宵真是憾事，她绝对是同志。

　　酷热，永夜。家中无空调，看足球至天明。看足球比睡足了觉使人白天更为精神。

　　在地铁中身边一少女拿着张《足球报》在看，凑过去同看。她看完一面，将欲翻篇时，问我：可以了吗？此类女子何止是善解人意呀，真是足球的好同志，恨不比翼双飞。

　　有酒盈壶，有冰西瓜满盘，有一而再再而三的进球，君复何求？此神仙日子也。只是要每四年才一次，一次个把月，个把月后就是个长长的等。

马拉多纳第一次上场就进了个球。球进后，其张牙舞爪冲摄像机而来，做怒目金刚状，像中国古青铜器中的狰狞美，其实大可不必。

君子敏于事，慎于言。马拉多纳进了一个球就说了那么多，好像他踢球是为了说话。

我们之所以不希望某些球队提前退场，是因为那些队中有一些脸很熟的人，看熟了的人就有了一种亲人的感觉。虽然他们不比别的队踢得好，但还是希望他们留下。

韩国队第二场对玻利维亚，让我看到的只是昂扬的斗志，一种精神的形体话语。这不是足球，或者说不完全是足球，更像是一场咬牙比赛。

裁判可以将一场原本精彩的足球吹得兴味索然（意大利—挪威），我们看到了什么叫大煞风景。

没有进球的比赛，使看球人的大喊大叫后缺少最后一声高音。

马拉多纳说保加利亚人没有带够他们的腿。

解说员的话常是矛盾的。他刚说了一个不行的队员进球了，他马上又说他很行。足球不是圆的，解说员的话是圆的。

这一届的马拉多纳是半个足球家加上半个演员。很多时候他表演着被铲倒的悲剧角色，他演的是一个向观众倾诉苦衷的人。

看了几张红牌，那些红牌的作用是唯恐足球比赛太精彩了。一些人一面又想增加足球的精彩程度，一面又滥施规则，想使足球成为一种国际标准的谦恭的典范。

记住一个球员的名字，比记住他的发型要难。唯一不好辨别的是尼日利亚队，他们真的像是一群亲兄弟。甚至看台上的啦啦队也有着耶基尼一样的发型和脸。

里杰卡尔德的头型变成了"拖布形"，这使他经过了几年的风霜之后，一点也不显老，威严之外，有了几分滑稽。

把一堆与足球有关的报纸买回家看，发现有百分之五十的消息相同，除了赛况外，我们看不到那些动人的花絮。大多数英雄是靠逸事而不朽的，比如霸王与虞姬，拿破仑与约瑟芬……

一些裁判是一些浪得虚名的球星的侍从，他把大人物的摔倒看得比小人物的要严重得多。大人物在背后铲球时，他们扮演了助纣为虐的角色。

阿根廷和尼日利亚之战，边旗把没有越位的球吹成越位，套句马拉多纳上场批评尼队的话，"起码有三个该进的球"，但这次是被哨声中止的。

如果这一场球有十亿人在看的话，那么这个人怎么敢在十亿人面前无视公理，不是公正与否的问题，是对十亿人的蔑视。

亚洲是一个人口最多、球迷最多的区域，却只有世界杯赛最少的名额，这感觉很像热脸贴了个冷屁股。

巴尔德拉马的一头金发在绿草坪上飘浮，淹没了他的脚。

沙特队从麦加圣地来到了美国，他们使人耳目一新。评论员在沙比之战中说："沙只有两成的希望……"他错了，他不知道希望这东西从来就不是能用"成"来计算，在足球中希望就是希望，没有希望就是绝望。希望是意识，只要你有，你就有希望，否则就是绝望。评论员说的"两成"不知从何说起，好像他对希望用秤称过了似的，评论员的话像大清朝的天气预报。

查出马拉多纳的兴奋剂之后，那支穿着蓝白相间球衣的阿根廷队失去了兴奋，他们在球场上跑来跑去，像是做着自我辩解。

摄像师总能在观众席中找到楚楚动人的漂亮小姐，那些漂亮的小姐让人想起战争中的海伦和四面楚歌中的虞姬，她们集美艳和忧伤于一身。

没有马拉多纳的阿根廷队像没有打兴奋剂。

在上班与看早场足球之间颇费踌躇。最后各自妥协一半，看半场球，上半个班。

哈吉是朴实朴素、简单有效的典范，他让人想起在田野中实实在在耕种的农民。罗马尼亚，他们从喀尔巴阡山上下来时，头上有鹰在盘旋。

卡尼吉亚，他的金发被汗水贴在了脸上，在他的奔跑中我的感觉是——风在出汗。

当把所有的射门集中在一起的话，有餍足之感，我们需要那个漫长的进球过程，美妙处也在过程之中。

埃芬博格被福格茨炒回了德国，他伸错了手指，我想不通他踢球时为什么要和看球的人计较。一个球星，如果他不知道看球的大众是他的衣食父母的话，那教练先不必教他什么阵形之类的东西，先要教他的是谦恭的态度。

哥伦比亚的埃斯科瓦被枪杀了，球赛还在进行，太阳高照，草皮依旧青青，但埃斯科瓦死了。为什么是这样，枪杀他的人绝不是出于对足球的爱，而是因为对足球的恨。

在此之前我曾写过一段调侃他的文字，在这儿我向他的灵魂道歉。那个球如果不是他的脚踢进去，也会被另一只脚踢进去，结果没什么不同。

他死了，那个杀他的人将死一万次，把整座地狱都给他也不多。

埃斯科瓦的死让我看到了，什么是体育，什么是暴力。

俄罗斯的萨连科一场打进去五个球，这是一个高潮，像交响乐中最后的大三和弦，响过之后就是结束。

足球场上最英俊性感的多是守门员，除了高与匀称的身段外，他们总是有力挽狂澜的表演，悲壮的失败也要最后由他们来完成。这使得他们独有英武与悲剧的形象结合。

德比之战，那个裁判，使人看到权力的冷酷及伤害。

阿罗之战马拉多纳完全成了演员和观众。他哭了，他可能会被很多人原谅，而我觉得他的眼泪并不比任何一个球迷来得更有分量。他说：阿根廷队输了，是因为我不在。马拉多纳不能救阿根廷队，有一个原因是他的眼泪里有兴奋剂。

枪杀埃斯科瓦的罪犯抓到了，他剃去了浓重的胡子。他的胡子不能救他。

只有进球才能克服困意。已是凌晨了。

服用兴奋剂是从球员通向记者的一条道路，但绝不是每个人都能这样，名人总会被涂上色彩，当这次马拉多纳的尿成为新闻时，我感到了一种看名人的无聊。

世界杯永远是无名者的舞台，球星的坟墓。

意大利人到美国是旅游来了吗——刚这么想过，巴乔进了一个球。意大利队像下棋一样，总要让人一个车（少一个队员）才能兴奋。

尼日利亚出局了，没有挽歌，只有凯旋曲。有些胜利不是输赢可以衡量出来的。

有意大利和巴西的决赛，已无胜负可言。

体育笔记

是战士也是修士

学会围棋，身边又有两三个水平相当的棋友，常可对面安坐，一着一着地落子，那时间就真在黑白间闪过了。下完棋，突然记起原本要做的事没做，就大喊一声："围棋害人！"喊过后，下次依旧。

围棋的魅力远不在输赢间，古人有"破荻为局，碎瓦作子"的美谈。也听到过"输得痛快淋漓"这话，也见过使骗着得手、面有愧色的胜家。由下棋又常想到为人，不可太贪，不可太无理，不可太软弱，不可太用强。想这一局一局的棋有时把人生观都下进去了，就又对它百般地崇敬。

也看电视中的高手对局。从那些风云变幻中，自以为能看出他们的心思。近一阶段，对国手们常出现胜局中的败着，不得其解。总感觉那时他们的心似移出了棋局，怕输或以为要赢了，或

146

还有其他想法。总之，棋子一落下去，自己也会惊讶。有没有心不在棋的缘故，还有待请教。

棋手是个战士，他要出着，要防守，要搏杀，要转移。但他确实也该是个修士，除掌握全面的技术外，该对输赢观、人与棋的关系、围棋本质的意义有更深层的认识。

高手对局，我觉得更多的不是比技术，而是比境界。有棋无我与有我无棋之分，自不必由一个刚会吃子的臭棋篓子来评说。当然，棋的胜败有各种原因。以上所言按句俗话说是"站着说话不腰疼"，见笑方家。

游戏哪去了

"一弹弹，二宝莲，三打鼓，四要钱。"有点年龄资格的人，都会记得这是北京一种叫弹杏核游戏时的歌谣。游戏像电视上演过的那种碰冰壶比赛。如果在土地上掏五个小坑，用玻璃球玩进洞游戏，那又极像台球比赛。一种用木片打两头尖的"朵"的游戏该与棒球有极深的渊源。除了这些技巧性很强的游戏外，倘若把一种叫"攻城"的游戏与"撞拐"（也叫"斗鸡"）结合起来，激烈的程度一如橄榄球。

据说贝利小时候就是街上踢"袜球"的好手。我们不能对每一位体育明星幼时做的游戏去调查，但我相信游戏对一个儿童的技巧与体能至关重要。

小时在放寒假的那段时间，院子里总有小伙伴们在玩各种各样的游戏。"抖空竹"现在只有在舞台上才能见到了，那时是家家都有的。"猴爬竿""酒地轴"是常人都会的小把戏，胆大的也敢扔上头顶再张绳接回来。我去年冬天跑遍了京城，终于在琉璃厂厂甸大楼买回一个双轴的来。在院子里一抖，小朋友都来看，教他们玩他们却没有多大的兴趣。他们极不愿动手学一样游戏，不要说复杂些的耍拐、弹球，就是极简单的跳房子，也是玩两下就急着回家看卡通片去了。大多数孩子已变为电视的奴仆，他们不必创造什么、学什么，只在电视对面被动地接受就是了。

游戏与体育有极为紧密的联系，这毋庸置疑。我总在杞人忧天地担着心，孩子们的手上少了裂口，同时也少了许多由游戏带来的灵巧与勇猛。

男女不一样

新居正对一块操场，怕开窗，怕那些运动的声音打动我。看不下去书时，偶去阳台，看中学生飞跑、跳跃，看久了也挥两下手，扩一扩胸，感觉什么也比不上年轻好。

这个中学的体育课，像是男女老师分带男女同学上。女老师负责，男老师不负责；女同学认真，男同学不认真。那些半大小子们正是你们常见的刚长了痤疮，变了嗓还差点胡须的那种，满脸的不屑。同是一个练双杠的项目，男生推三阻四，一个仰卧起坐的动作，十几个人竟无一人做好。说他们不似英雄，不如说他们摆出大英雄的模样来表演轻蔑。女生做双腿跨杠，一人接一人，认真，尽力。偶有一个没完成的，师生一起哄笑上前，给这同学颠屁墩儿。

由此想到国家男女球队。前些年我最怕看中国男排打球，不是怕输，是怕那种缺乏意志的模样，在球场上轻盈地玩世不恭。这往往会使我脑子里出现四爷、大少一类的人物。

不知有没有原因，中国的封建历史太长，女子没有地位，几千年的吃苦、隐忍、坚韧精神在现代女运动员身上似乎依然存在。没有什么行当更比体育这行需要意志。我爱看女排，是因不论输赢，往往不致看到一种意志的消沉。

说这话真不给大男子长气。我也同意"体质不如"的论点，但我想那不是唯一的原因。该提倡点英雄气概什么的，平时读"大江东去""风萧萧兮易水寒"也许管点用。

体育大比赛小

电视上看东京马拉松赛。镜头照下去，密密麻麻的人，把街挤瘦了。曾想，这么多人都背了号码，真有多少人能拼到终点啊？真拼到终点又有几位能拿到名次啊？还有那些摇轮椅和跟着跑的，何苦来。问完了，再看，发现那些人很认真、很奋力地跑着，像是过节一样高兴。

平日常以体育爱好者自居，一次遇一人问："你搞什么项目？"很觉愕然："体育爱好者有几个自己搞项目的，只是爱好，喜欢看，看比赛。"他笑笑走了，笑得极有内容，让人不安。回家想想，体育爱好者或不可与比赛爱好者等同起来，问题是我很长时间认为体育就是比赛了。

这样的人也许不少，由此想到"体育大，比赛小"这话，觉得它绝不多余。不就有那种把体育只看成是比赛，或把比赛看得比体育还大的眼睛吗？先不说那种搞假比赛，让球，完全丧失体育精神（连比赛也不算）的现象。就从平常的教练、运动员表决心式的谈话中来听，又有多少人把体育精神看得比比赛大了的。这次冬奥会，女子短道速滑接力，因运动员紧张而失常。紧张的原因是什么？我想那些运动员，绝不会说出"是否拿到奖牌无所谓，我只想睡觉"（日本花样滑女选手伊藤语）这类话来。比赛中的紧张是平日的紧张气氛的最后体现。一个背着国家荣誉、民族精神、人民嘱托、亲人目光、奖牌等等的人滑起冰来很难不紧张。

真要说"体育大，比赛小"要有勇气。我反正不敢在奥运会前对运动员说"奖牌事小，体育精神事大"这类话，怕人把我当汉奸办了。

大家的弟弟

那站在叠起的两人上的小男孩，像是我们大家的弟弟。他在那无依无靠的空中弯膝，跃起，借着下边人抛他的劲儿，要在空中翻两个跟头，然后伸出一只手，在将落地的一刹那，抓住下边人的一只手，以求完成一个高难而危险的动作。他跃起了，跟头也翻了，下边的人没有接住他（或是他没有拉住下边的人），他重重地摔在比赛场上，头朝下，小小的身体落地后又弹了起来。他站了起来用手捂着头，身体摇晃，眼睛看着另三个队员。

他又被拉向空中……

国际技巧联会主席站起来要求中止比赛，裁判认为他无权。为比赛伴奏的音乐停了，场内的观众紧张地看着那个又被抛得很高的男孩。

电视播音员宁辛说：不知这是为表现坚韧还是愚蠢，请观众评判。她补充说，这个男孩在初赛时就摔成轻微脑震荡。

比赛在压抑的气氛中结束了，场内的观众热烈鼓掌，为那个男孩，也为自己终于可以松口气。

小男孩捂着头退场了，场外教练冲过来，我以为他会显出加倍的关怀和爱护，没有，是训斥。用宁辛的话是：教练当场训斥。

这是十一月海牙世界运动会，中国队在技巧决赛中的一幕。是我极为不愿看到的一幕，也是看过后耿耿于怀的一幕。当体育完全和奖牌连在一起时，这个体育就绝不再是那个"发展体育运动，增强人民体质"的体育，也不是"重在参与"的那个奥林匹克精神中的体育。它变得狭隘，使人厌恶。

体育中的纪录也好，奖牌也好，扩大一点想的话，都是人类共有的，也仅仅应该只是体育的，而不该加入其他。

我从心里拒绝那块银牌，上边实在有太多的不忍。

第 三 辑

吃的劣迹

珞巴人吃老鼠，有特殊的捉法，大概像我们冬天在雪地上用筲箩扣麻雀一样。珞巴人把老鼠视为上等美味，贵客到，必有此招待。廖东凡写的《雪域西藏风情录》中，说他做过这样的贵客。鼠吃了，感觉是初怕，后觉味美无比。

我没吃过老鼠，我的食谱极为大众。除五谷杂粮外，还有就是普通的家禽、家兽。我靠这些东西长大，我感激它们，也深深觉得对它们不起（伪善者）。

人选择吃什么，不吃什么，不知依靠的是什么标准。我想第一点该是那物的形象，所谓色香味，色放在前边，便是这道理了（有点像找对象）。看着能吃，好吃，才去吃。美丽温顺的必在大吃大嚼之列。如羊儿、鹿儿、兔儿、鸡、鸽；然后是朴实憨厚的，如猪、牛、鹅、驴、鸭等。形象丑陋的大多没有想到会去吃它，如癞蛤蟆、壁虎、鬣狗、秃鹫；凶猛的也不大会去吃（或惹不起），如鳄鱼、虎、猞猁、狮子。人对食物的选择实在充满了美学和情感的标准，这使他们不会带着仇恨把天下的老鼠都吃

155

光了。

我吃过最个别的东西，现在想想只有几样。一是小学暑假时，与几位同窗在地下室围猎了一只野猫（原目的不是为吃）。野猫被关进竹筐后，充满悲愤地彻夜高歌，无奈在放走与处死间我们选择了后者。单纯的死是没意义的，于是又找了干柴和铁桶及一把盐。咪咪煮熟了，在检验勇气的最后时刻，有一位同窗懦弱地拒绝了吃这"美味"。我坚定地劝自己吃了一口，现在想起来，猫肉是酸的，吃进肚里，像同时咽进了很多猫毛。回想起来，这次狩猎更多地表现了我们原始求生的本性，像一只成长的雏狼会对屎壳郎感兴趣一样（人实在无异多少）。

再就是我吃过青蛙（谁都吃过），我吃过生的青蛙。一九七六年由北大荒转插队至河南汝阳，我对喝汤（吃饭的方言）有了刻骨的认识，常不饱，常饿醒，有时只希望有块肉来充实我。

所住的旧庙前有一莲菜塘，夏夜蛙声阵阵。那蛙反复蹦跳，落进我的空肚上，转瞬又逃离，使肠胃更寂寞地空着。终于，去塘边捉了八九只回来。当地人从没有吃过青蛙，同住的人奇怪地看我。我抑制住渴望，严肃地整治着那些蛙，去头去肚去皮。除了盐外，没有火也没有锅，我看着那些白嫩的蛙腿，实在不想再摆出做大菜的架势，便蘸着盐末吃起来。我想不起生蛙是什么滋味，总之对当时的我非常合适，我感到满足。

当地人把我吃生蛤蟆的恶举，作为藐视城里人的又一条理由。我有时也因这一劣迹而藐视自己，但我实在无法藐视饥饿。在河南没待太长时间，否则我也许会让生青蛙这道菜流行起来，

156

如日本的生鱼片那样。

　　我想不起还有什么奇怪的东西让我吃过。吃过炸蚂蚱、蝉、槐花、榆钱儿，这该很寻常了。我也不知道还有什么奇怪的东西将会被我吃。今年去湘西时，店家曾悄声问我：吃不吃娃娃鱼？我断然拒绝，我早已在思想上加入了绿色和平组织。保不齐还会吃上些奇怪的东西，为了活命，当药吃（龙衣、蝉蜕什么的），不过这种吃法，实在与做美味来欣赏相去甚远了。

　　我现在对不吃老鼠这一偏见，实在为老鼠感到不公平。干吗不做点宣传，不说为除害，只说为了尝鲜儿这一小小的目的。

留下地狱

看见有人拿枪打鸟，我就在心里把他打死一千次、一万次。

前些天，我曾阻止过一个少年人。他当时走了，但是到离我远的树下去放枪。我马上产生了个想法：我们不能把地狱毁了，天堂可以不要，但地狱该留下来，用来惩罚做坏事的人。

"大跃进"除"四害"时，我刚记事儿，每次走进那个充满酱油、芝麻酱、花椒味的副食店，就会看到几张宣传画：蚊子的长脚，苍蝇的眼睛，老鼠的尾巴。我不知麻雀坏在哪儿，在"四害"那几个字下的麻雀也是一副惊恐朴素的样子。

除"四害"，我唯一对消灭麻雀有极深的印象。

一个星期天的早晨（那是个春天阳光温和的日子），大人们手里都拿着有颜色的衣服，或锅盆之类的东西。楼顶上、树上、阳台上都站着人。在一个确定的时间，大人们开始敲打，追逐，或晃衣服。

麻雀们惊恐地飞起，躲上天空。它们飞起就再找不到地方降落（据说全北京市统一行动）。人们兴奋地敲动那些铁器，想让

158

那些空中的鸟累死。麻雀们事先没有接到通知，它们携家带口地奔逃，在空中旋转，那种飞翔再也看不到平时的节奏，这使它们加快了坠落。

我在一座平台上，看着大人们像守卫阵地样地来回奔跑，没有一寸地方可以供麻雀歇脚。过了不久，空中有麻雀掉下来，噼里啪啦，像在下鸟的冰雹。鸟们永远不知这是为什么。它们在最后一刻放弃了飞翔，收起翅膀，在土地上摔出一声沉闷的响，那声音使人收紧自己。

有一只鸟落在了我站着的平台上，喘息，张皇，一双眼睛看着我。我没动，也没有去救它，而后它飞走了，那双眼睛留至今天。

空中坠落的麻雀都被人收走，据说要统计成果，成果当然很大。再后来的日子里就没了鸟叫。

十几年过去了，麻雀没能绝迹。它后来被证明主要吃虫子，在城市中它们吃人类丢弃的垃圾。麻雀受过冤假错案的境遇，几乎灭门。现在我四周的麻雀，肯定有我放走那只的后裔。这些鸟与我的关系很长了。

人类在千方百计地消灭一些东西，如鼠、蚊子等，但那些东西像是越消灭越多。人类想保留的东西倒是越来越少。我想一定有人吃过熊猫肉，我们不是在电视中看到贩卖十几张熊猫皮的新闻吗？

天堂确实可以不要，我想没有几个人能到那儿去生活。如果人真是有前世，可以轮回的话，让打鸟为乐的人，来世变成被追杀的鸟。

白　纸

　　除了那些能写出东西来的日子外，常有种怕坐到书桌前的恐惧，怕面对一张白纸，怕过了很久它还是白的。这种惧怕常使我不甘心，就坐下来，两个小时——什么也没有（像谁失约了）。什么都想到了，什么都混乱，没有一个重的东西可以落下来，没有氛围和气势，像薄薄的云。一个坐着不动、脑子纷乱的人，比塑像多了双眼睛。那眼睛看不见近的东西，总想穿过时间，看那些真幻相间的过去或未来，好像那些东西总要加入进生命，而后变成一个迷恋遐想的消沉者。一上午过去，终于以得一段文字而结束，写出的东西往往不好，偶然几次有过转机，也往往自认为还好。于是，不知道该不该去坐那两小时、三小时、四小时。

　　情感这东西会在写作的过程中减轻，像被文字分食的食物，写出来了，就没了。人一生不知有多少东西可被文字分食，也许就那么一点，早晚写光了，就是个完。当然有才情高的人，写自己都搬不动的书，说是著作等身。不过我有一套莎士比亚全集，十一册，加起来与一头颅相等，那些"等身"的人是否会看不

160

起他。

很多人全集收录极全，各种书信、只言片语都在。前天看报，说在法国又发现某大师一封信，看那信的文字，无非平安、很好、天气、鸡毛之类，实在没什么惊天动地的。我想那大师如生前想到很多东西要当作经典流传，必会把书信写得更好些，如致某某的一封公开信那类。

其实全集该是不全的，大师上小学时的作文、造句、看图说话等都没有收录（不知是收不来，还是不该收），既然不全，那又何必将今日上午××请吃、下午小息、晚开会之类的东西收录进来。全不成，倒不如精些，最起码纸可省下，书可便宜些，大师可更大师些。也许我的想法不对，许多靠大师吃饭的人要骂娘。

我不是大师，也不留任何人来往的书信。有些人信写得极好，存了一段，还是扔了。那一刻总会想到这世界好东西真是太多了，大多数好东西都不存在了。极好的东西终归是少数，几百上千年就那么一点，只有时间能肯定这是好东西。有人则不，总要在好之外画一大圈，然后说："找吧，找不着活该！"你找了半天说没有。他就放你出来，偷偷告你说："别对别人说这儿没有。"其实你对谁说没有，谁也不会信，他们会说："你他妈的算什么，敢说没有！"

以上是我在写不出东西时，拼凑的一段文字，终于看到时间落在了纸上，一上午总算没白坐。

影　子

　　搬新家了，朋友送双拖鞋给我。穿在脚上暖和，走起路来没有声音，感觉自己像个影子在屋里飘来飘去。飘了一会儿，就觉得不自在，空空的。赶忙脱下，换双有声音的，趿拉地走，踏实。想到人走路该有声音，否则神秘兮兮的，像个义盗或侠客，提着心要去做什么勾当。

　　人见得最多的恐怕是影子，白天有，晚上也有。最视而不见的也是影子，没人在乎它，可随意踩来踩去。走夜路影子该算个伴儿，有影子的夜晚终归不至于太黑；没影子的夜，该是伸手不见手。

　　影子有时会泄露机密：本是空屋，突然有个人影在窗口飘，怕是要失盗了；背后杀人，刀没到，影子先到，被杀的人就有了提防；独身女子，窗口映出两个甜甜的人影，就现了奸情。影子坏事，割又割不去，把灯关了，看不见人，也就不见了影。影子是光从身上割出来的。

　　志怪小说中说，鬼在光下也没有影子，此是分辨人鬼之一法。这主意不知是谁想出来的。有篇外国小说《出卖影子的人》

或许是受了中国志怪小说的影响？不知道。

我见过在光下没有影子的人，不是鬼（其实每人都见过）。在舞台上，光从四面打过来，就不见了人影。台上天幕忌讳有影子，一个舞者拖着条影子做"劈叉大跳""倒踢紫金冠"什么的，会显得累赘。再有，在照相馆照相也没影子，怕影子跟着一起跑进底片里去。还有做手术的无影灯下也没有影子。影子有时确实非常碍事。

也有借影子挣钱的。那些在旅游热点剪影子收费的人，眼看着你，手里剪一张黑纸。一会儿，一个影子交到你手里，你觉得还像，只是比真人更美了点，就掏钱付账，身边又多了个纸影子。再站一会儿，发现他剪所有男女的脸都一样，像是一个人。骗子吗？低头一看，大家的影子原就没什么区别，地上的影子，你很难分清谁是谁来。

在恐怖片里，到了关口就会借影子说话。看不见人，就见张牙舞爪的影子逼过来，那时人不可怕，影子可怕。

我在河南插队时，遇到过一个极看重影子的人，是当地的医生。他与你交谈，不会让你的影子爬到他身上去，也不会让你的脚踩着他的影子。有一次他悄悄告我："其实影子也有疼痛感。"我努力试了试，感觉不到。

看过古龙的一篇短小说，有一剑客天下无敌，只有与自己的影子对练才能消除寂寞。还有句话叫"顾影自怜"，要是没了影子就少了个可怜自己的对象。影子有时又那么有益多情。

写到这儿，突然悟出可以用影子来编一篇小说：某人某日与自己的影子交换了位置，便借是个影子之便，或爬上酒桌吃一

163

顿，或在美人香腮上吻一口，再或者去钱柜中捞钱，去闹市中杀仇人，做尽了人想做又不敢做的事。唯一不高兴的是，总要在地上被人拖着走，被陌生的脚、车轮踩来碾去，抑或映进粪池、尿坑中，很是无奈。又一想，做人不可能只占便宜不吃亏，遂咽一口气忍了。

若真要写这篇小说时，就该把那双拖鞋穿上。写成了，稿费分给送拖鞋的朋友一半，因这些话全是那双拖鞋招出来的。

想 起 书

这世界有一天是否只有两种人了，一种人在著书，一种人在保护书。如果真这样写下去，真这样保护下去，世界上将只会有书和人，来不及再做别的。把一些淘汰的书当作食物吃掉，分精装与简装的，用各种烹调法制作。

我们一生能读多少书？拼了性命地读，死时长叹一声，告诉家人已"恍然大悟"书可尽数烧了，终归是些没用的东西。

我买了不少书，想想一多半翻过，只有极少的书读完过。有些书是看看，放放，或因其极著名而看，又因其极没意思而放。还有一种书读着有意思，读过了就没意思，不想再看第二遍。只有几本书是一读再读的，拿起来的感觉便不同。这类书也不是十分之稳定，过一阶段也许会不再翻一页了。我读的第一部小说记不确切了，或是《说唐》，或是《三个火枪手》，只记得是小学二年级的事。读完就卖，向同学大肆宣讲，《说唐》可数出各条好汉的排名。

最没书读时是在"文革"，大家都没书读。好在那时我迷上了养鸡和唱歌，书是有了就看，没有便到处寻人清谈。"十亿人民九亿侃"该源于那时。

到北大荒，书更其珍贵。一个连队只有几本书，读过后要有人不远几十里路去其他连队交换、求借。每每一部书到来有极紧的时间限制，有一次借到了《高老头》，只有一个下午便要还，又赶上抢运大头菜。无奈带着书去地里，在装车的空闲竟把一本书读完了，且读得进入，晚上还写了篇关于《高老头》的日记。那时书虽少，但每一部都读得很细，盖因少而不得不精之故。

印象很深的是《约翰·克利斯朵夫》第一集。读到他教那个女孩子弹琴，而翻谱，而摸到手时，马上联想到《红与黑》中的于连在月光下缓缓地摸那夫人的手。便觉得恋爱许是从摸手开始而后深入的。后来，我恋爱时也是从摸手开始，不过当时并未想到经典中的例子，只是事后甜蜜回味才觉出了这一共同点。

这书当时只看了第一集，再找不到其他几本了，很是不能安定。过了几年，回北京后，此书开禁，找来了读。读第二集时，觉得极为乏味，竟引不起一点兴趣来，没读完。第三、四集翻都没翻。

我没在被子里学过《毛泽东选集》，那是该堂而皇之，在众目之下专心诵读的，当然最好有支红蓝铅笔，做些圈点工作。我至今没有在书上画线之病，那极似一种样子，不是画给自己的，是画给别人的。倘若有人再看了这书，便知你曾洞晓过一些精髓。其实，不免入了作者的套儿。

我在被子里读的唯一的一本书是哈代的《德伯家的苔丝》。

因时间太紧，夜深不好开灯扰人，只好入被，打一支手电，撑着头读。再没有那么好的读书效果了，尤其读这部书。读到苔丝为生活所迫，将眉毛刮掉，灰头土脸地流浪，不免泪就落下来，滴在书页上。最恨克莱，看罢书反觉苔丝不必杀德伯，把克莱杀死最好。

昨天读一则报道说：一八五〇年之后的书大多脆裂，已危在旦夕。因纸中有酸的缘故，现在要花费许多钱来脱酸，否则，书将不保。读过后，总在想这世界保存的都是些什么书，上亿册书，是否尽如文中所说极珍贵？想想未必，就国内现在印的诗集看，有多少成了有钱人的点缀。这一年年地印出了多少垃圾，不是个保护书的时代，烧书的时候到了，烧过后这环境会干净些。

打 喷 嚏

　　每年八月的最后几天，我都在等一个喷嚏。只要第一个喷嚏打出，整个九月我会像一位竟日观看悲剧的观众，涕泪长流。凡在室外，就离不开一方遮遮掩掩的手帕。九月一过，又会慢慢好起来。我是九月生的，那喷嚏一打，出生第一声哭的感觉都可回忆起来，真是悲伤的九月。

　　不过，我确实会因打那种亘古不变的喷嚏而想起许多事来。秋天过敏是从北大荒回来后的事（一九七八年左右）。最初以为是热伤风，药一把把来吃，并不见好。后来发现扑尔敏只一片就管事，大夫说是过敏无疑了。吃了扑尔敏便昏昏欲睡，睡过后又清涕长流，再吃，再睡，就那样颠来倒去地过个秋天。

　　现在十余年过去了，每年喷嚏一打有两种感觉：一是匆匆又一年；再有，觉这秋天终归不变，那么多秋天的事都记起来了。

　　我想生活在四季分明与四季不明的人，其情感经历总有不同。北方的秋天总有严肃之感：风起了，长衣换了短衣，身上便庄重了些；入夜，街上已不见了乘凉的人，清冷了些；一些主妇

168

忽然记起冬衣，正午就有一些冬天的装扮拿出来挂在绳索上，让你提前打个哆嗦；再后，有人在收拾废叶。一些人想到一年将尽，好像什么也没干呢，平白在静下来时添了些焦躁。

许是这九月每年对我来说，都是一个关口，所以记起的事就特别多。细想想，也不是什么事，只是一些场景。如：独坐在湖边看落日熔金；与恋人在树丛中拥吻；吃过扑尔敏后大段地唱咏叹调；某个星期天，去某地打桥牌；女儿不到周岁时，抱着她在太阳下晒得昏昏欲睡；骑车穿过某条胡同……每一想起，那过去了的就有种温暖感，日子总不负你。

昨天带女儿去动物园，一个喷嚏打得我突然想起小时曾在园内东北角看到过的狼，就拉着女儿快快走。到了东北角，关狼的地方早已改变了，还是些中型猛兽，猎豹之类，但已没有了狼。想也许关到别处去了，转了大半圈，夜行动物馆内也只有些狗、獾之类，狼竟找不到了。

此时突然有种感觉，我见过的那只狼也在找我，幽蓝的眼睛温和地看你，想说什么又说不出。第一次看狼是父亲带着来的，那个灰色的兽在笼子里不停地走，像是盼着有个缝隙能通往自由。它不停地走，任何举动都无法中断它。那时我觉得狼不过如此。再后来，去了北大荒，真正地见过了狼，并独自与之相对过。我没有感到狼有什么不好，它们像是从来没有想到要伤害我，只是我们之间有不同的生活和悲哀罢了。

我问了动物园的工作人员，他告诉我这里已经没有狼了。"没有狼了?!"那个时候我突然万分想看到狼，那是一时被人告知没有后的渴望。"怎么能没有狼呢?"工作人员并不理会,像在说:怎么偏该有狼呢?

狼没有了,像是过去已经没有了。能看到的都是现实:鹿在吃草,虎在睡觉,蛇一动不动……狼没有了,到哪儿去还能看到狼?我几乎没办法提出这个问题,谁都会问你:狼对你很重要吗?有些事只是一个人的事。

回来的路上,我一直在想,怎样才能看见一只狼。也许我该在深冬坐火车回北大荒去河滩坐上几夜,那也不知狼会不会来见我。也许我该给全国各家动物园写信,询问哪家园中有狼,我将不远万里赶去,去看它。

可看了又会怎样?我见过的狼都死了,就像我打喷嚏想起的事,都过去了。

做　梦

昨晚看电视，昆曲《游园惊梦》。杜丽娘将梦未梦时，有一土地样的丑角上场，说些个他二人有姻缘债，安排梦中会云云。而后，柳梦梅头顶枝绿柳上台，二人被丑角导引，终于说了些情话、爱话、疯话，做成好事。

想那梦如真有人安排，这一生要干的事就不多了。原以为梦中事是最独自、最不依靠的，倘若真是有人安排导演，如众人观看的戏一般，此生不做梦也罢。

想不做又不行，原本极温馨的夜晚会突然做出被追杀的梦来。也有好梦，做过了还想再做，今夜做了明夜还想做。一九七六年，在河南农村的那段苦日子里，一钻进冰凉的被窝，嗅到被头熟悉的气味，就想做个好梦。无奈肚内饥、身上冷就睡不着。把双眼睛望定了从破墙洞漏进的月光、流云、寒星，想些个不着边际的事，越想越远，想到脸上有了泪，或嘴角有了笑，就一惊。定一会儿神，知道自己是睁着眼睛做梦，出一口长气，再看洞外的星星就失了神采。此时将眼一闭，宠辱皆忘，沉沉去了。

睡至半夜被冻醒、饿醒，就盼着那天空会转色，会发灰、变白。打熬不住时，爬起来，寻些柴草生堆火，将前胸后背轮番烤烤。我住的队部原是一大庙，深夜无人，火光将四壁照亮，那红红的炭火勾人心魄，你看久了，就失神进去，不知到了哪儿。待火熄时又会转回来，一梦已了了。

那个村子只我一个知青，就显得失魂落魄，白天黑夜，在街上走，在河滩上坐，与人交谈，或拉车运粪，都会走神，像是迟钝了许多。后来想想是孤单所致，一个寂寞的人就是个梦中人。

那期间，曾在马厩中睡过一次，严格地说该是马厩旁隔出的小仓库。我在一堆马料上躺着，一直听着马嚼草料的声音。睡到半夜，被马的尿声惊醒，也去外边尿。穿过马厩，看到马们都站着，垂下眼皮。这时夜在走动，马们松弛着，停顿着，等待着。下半夜，我没能睡着，一直看着那些休息的马，它们有时动一下尾巴，有时倒换下蹄子。黎明前的寒气升起来时，它们宁静得像一群石马。不知道它们做不做梦，它们只有简单的语言，更多时是沉默。当时我一直感觉着它们在做梦，每一匹马都在做梦，在宁静的身体里边，它们也梦着甜美和恐惧，与我一样。

不敢想有一天，不再有人给你安排梦了，一个神来告诉你："你的梦做光了，再没有什么可安排的了。"你活着，但不做梦了，那会怎样？像台机器或植物人。

梦依旧在做，哭、笑什么样的梦都做了，比白天还丰富几倍。真有一天科学发达，生出个造梦的机器，可导引你至天堂、地狱、太虚幻境，便不用看什么电视剧了，就应了一句话"醉生梦死"，每日不知醒着，还是梦着。

抓　周

　　小孩子一岁了，要"抓周"，放上许多东西，让孩子抓。这也许是人生第一次重大的抉择。抓好了，抓支笔、一本书什么的，将来是个读书人；抓个元宝能发财；倘若抓支口红那肯定在女人堆里混，没大出息。再倘若这孩子爬远了，抓起一张随意放在床上的手纸，那可能大事之不好，将来免不了是个捡破烂的。孩子养着也就没了兴趣。

　　选择这事很难说，活在世上有选择幸福、欢乐的权利（倘若真有那种东西），也有选择痛苦与不幸的权利。我们往往要选错，似那些不幸的婚姻，到了了会说上一句"嫁错了人"，其实当时选得很坚决，"九头牛也拉不住一滴水"。

　　当然我们也有选择平庸的权利，红火的言情小说、肥皂剧，突然走红的某类诗人，没有代表作的歌星。平庸的选择使他们自己也很震惊，于是，想选择去斯德哥尔摩或大都会，选择的权利被用足了。

　　人们从来不选择活着的凡·高，他无法被平庸的生活模仿。

现在选择他，是因为他的死使我们感到了轻松。

其实说了这些话没什么意思，小孩子抓了手纸就抓了，谁不用手纸擦屁股呢。

过　年

现在过年的感觉很像摸彩。年前街上会出现少有的兴奋，商店里挤来挤去，有的机关从早到晚地分年货。好像那将要来的几天，会从这铁的时间中分离出去一样，而后那个时间到了，整个城市在鞭炮声中死去活来。接着你觉得好像什么东西没有了，想到已经过去的不是一天，而是一年，很是忧伤，好像死神又把怀抱张开了些。到了早晨，大家都想提起精神来兴奋一下，带着笑脸东张西望。没看出什么异样，和平时一般地刷牙、洗脸、吃早饭，街上没什么人，可最多的忙乱是做饭，家家都是香味，由不得人冒出想吃窝头的念头。

很快地几天过去了，像摸彩摸了一手空，什么也没有，说声"没劲"，上班的上班，读书的读书。不过再有个年来，还是照样地兴奋。

小时，有个春节印象最深。大年初一，父亲带我去劳动人民文化宫图书馆找三哥。三哥正念高中（是北京最好的学校，男四中），给我的印象是天天在读书，甚至我有时夜里起来上厕所，还看到他在走廊里读书。当时，三哥是家里的典范，任何方面都杰出。父亲可能是顺路或是出于疼爱，便带我去看他。

那是我第一次进图书馆。一座古老的房子，像是宫殿的厢房，很安静，没有过年的气氛，里边有不少人在读书。阅览室不大，我看到三哥，他正在写写算算。对我们的到来就像平时在家里遇见了一样，没什么情感上的表露。父亲坐下，我也坐下，看着那些读书人，他们把过年的事全都忘了。

三哥给我借了一本连环画，我现在还记得是《蔡文姬》。一直看了两遍，他们还没有走的意思。天快黑时，父亲带我先走了，三哥说还要留一会儿。父亲在回家的路上，一直对我说这很有意义，我只是感到了不同。后来，我才认识到，那些看书的人，对时间只有一个概念，所有的时间都与他自己有关系，他们是日历不分颜色的人。我也一直希望自己能够把任何日子都当作平常的日子来过，很多时做不到。我愿意赶热闹，看着别人高兴我也兴奋，极像小时看着别的小孩子玩得好，求人家"带我玩儿吧"一样。

我还想过一些不同的年，新鲜的，极不寻常的：去一个不远的山村；或缩在一间封闭的屋子里读书，写东西；再或者精心地做十串糖葫芦去街上兜售。

谁能把楼房变回树

　　仲秋，树叶落下。晚长叶的树先落叶，一片大大的桐叶飘坠而下，啪的一声，贴在地上。你越窗一看，它安稳了，像原本就该在那儿。如果夜里有风，早上就会铺一门口的叶子，各式各样的叶子，走在上面，就听见秋天和你说些什么。

　　说什么呢？每年的话都不一样，每年的话说完就完，过了秋天什么也想不起来。

　　再多的落叶也是一片一片掉下来的，数不过来。它一片片地掉下，让你一分分地感动。哗地落叶多了，你心里一惊，就把情感隐一隐，进进出出，像看不见那些落叶，对别人说着胃口或交通什么的。

　　有片桐叶到了十一月底还没有掉下来，整棵树举着它在风中翻晾手掌，像悬空的杂技艺人。干吗不掉下来呢？它在一个春天，一个夏天都没被注意过。一片一片树叶裹紧的树，只有下雨时，你才对树叶有感觉。它和雨相碰的声音，会使一个夜晚变出好多个夜晚来，有时就会错睡进古人的诗句里去。桐雨听多了，

177

醒着也像在梦里。只有桐雨这样吗？不知道，只是我住在一棵桐树的旁边，其他树离我较远些。

"这些树要砍了，房子要拆了，这儿要盖二十六层的一幢大楼。"这是昨天又被证实了的一条消息。那枚树叶还没掉下来，它不会是假的吧？不会！

二十六层的大楼，树很难很难接近某一个窗口，很难把雨声送进梦里。梦没有雨时，也许会渴。楼上只有风，强劲的风从塞外刮来，数百万树叶卷地而走，没有一片是你的，没有一片会让你踩住。

再来的秋天就会平直地闪过，像高速公路。你想树时，只有坐车去郊外，摸摸树身，但听不到雨打树叶的声音。这像是所有的朋友都远去了，尤其这些与你相处多年的四周的树，像烈士一样再不会回来。

这些树要砍了，房子要拆了。这里先变成块平地，然后挖很深的大坑，在坑里种一幢大楼，把炒菜、吵架、煮药、炖鸭、解手、说梦话、做爱、啼哭、钥匙、镜子、红药水、书、闹钟、铁锅、袜子、脚气等等装在一起。不会再有树叶飘下的情景，或许会有报纸、尿布从阳台上飘下来，再或者有壮烈的人从楼上跳下，分个生死。

就要搬家了，那枚树叶还没掉下来，它可能会与整棵树倒在地上。

断　牙

牙断在嘴里，像有片风割断了最后的联系。一刹那，微微的响动，打断了一句正说的话，然后静默，轻轻感觉，再……手从嘴中出来时已多了一枚残败的牙。坏齿中间已空，空向四周的最后一点连接就在此时断了。没有疼痛，直接的好处是，以后饭毕不用再找东西来挖牙齿；坏处，缺了一颗牙。这是过早离开我的一小部分，我短时间有种不完整的感觉。去照镜子，那原本有牙的地方空着一种寂寞，说话也变得笨拙起来。

我把那牙扔掉了，很舍不得，它与我生活了多少年啊！一去永不回。扔掉后我身上轻了一点，人可能这样轻着轻着就没有了。

一生的结果该是失去。失去爱，失去牙，失去亲人和时间，失去世界。我想即使有些人能有什么文章留下，那也是情感被文字夺走样的失去。这种失去的体验会被某种得到所补偿吗？比如牙掉了就再不必挖了，比如人死了会得到纪念或宁静。

一棵藤和几片叶

一 棵 藤

一棵藤爬到窗角。一棵藤爬到窗的中间。一棵藤爬过窗子。那是时间，一天天地爬着，爬过夏天。那藤爬进我们的眼睛再爬出来时，该知道这不是偶然。

离开人群

离开人群，海子在写作时就这样，离开再离开。他去哪儿呢？去夜晚，那里什么都有，未来、秘密、恋爱，多希望夜不疲倦，不结束，可以久住。他真的去了，终于看到了门，这不是每个人都能的。他就进去了，还会有什么事可做吗？或什么也不做，在黑暗中看自己写过的东西发亮。

他死了，他的诗就不一样了。

一个活着的人写作时想自己已不在这世界，他给他的未来写作，他给死亡之后写作，那会不一样吗？

打死只苍蝇

打死只苍蝇，又飞来一只，也许刚才那只没打死。

把想说的话闲起来

把想说的话闲起来，把不想说的话说出来，这世界的准确在心里。谁也不能活一千年，悟性高的刚活到明白点就死了，像雷诺阿说："只要有点进步，那就是进一步接近死亡。"做一个等死的人，轻松地等待。

卡夫卡还是不彻底

卡夫卡还是不彻底，他为什么不自己把稿子都烧了，偏要委托给朋友。他希望那东西留下来，但又不经过他的手。他没有林黛玉彻底。烧就烧了，这世界不会缺什么，这世界大多数好东西都没有了，留下来的是少数，别把少数当成整个世界，世界宽得多，其中当然有自己。

活着并不复杂

活着并不复杂，所有问题归结起来，就是一个人与一个世界的问题。时时别忘了这个世界很大，没有边际，近于完美（包括死亡本身）。别忘了自由不该向往，回过头走进去就是。远离人群，在旷野中坐着，是自由；一个从内心体验过无数次死亡的人，看到了自由；一个进入自然学科的人可以是个自由的人；一个站着不动，看着别人奔跑的人，也可以说是自由；一个想到过成功，而知道自己一定会失败的人，已接近了自由。

写诗和宗教

写诗和宗教，是两条明白死亡的同归殊路。

一个全身心写诗的人，就是从身上往下放东西。一切重的东西都被放下，让我们轻松、上升、飞翔。

柳絮又飘起来了

柳絮又飘起来了，世界千万年飘的是一朵柳絮，就是那个四月落在你身上的，一朵两朵三朵，都是一朵的柳絮。世界上有一朵柳絮就可以飘千百万年，年年四月送出来，有一朵就够了，就足够给柳絮命名。

一人说梦

一人说梦，一人又说梦，再一人说梦，大家都说梦。说给清醒的自己听，说给清醒的众人听。说的不是真梦，真梦不可说出，说出真梦便离地狱不远了。说得出的梦一多半是白天醒着做的，说多了就成了梦。不知有没有一辈子没做过梦的人，如有，那他只活过常人的二分之一。死的人是走进梦中不再出来了，整天在梦中，怨不得人想去。

夏天来了

夏天来了。这个夏天正在经历，而别的夏天已成了过去。

夏天有气味。太阳的气味，家的气味，树荫的气味，夜晚沉得流不动的气味。冬天也有气味。

夏天要打开很多东西，门、窗、外衣。冬天则要关紧，在头上放上帽子，脖子上围起围巾，把嘴闭紧，眼眯起来。冬天有很长的夜晚把你抚慰平静。夏天白日拖着你走，夜晚有很多梦。

其实四季都不一样，人就这样腌了腊、腊了熏、熏了蒸的，变成一条咬不动、嚼不烂的肉干，一块石头。

我们有时

我们有时不如一棵植物真实，不如它们坚定、坦荡。它们被折断，被虫吃，被收割或被淹没，虽无言，但它们表现了出来。

无　力

　　你是看了那个专题片后想起他的，你是听了那个加拿大小孩的一句话，更明确地记起他的。小孩离中国前，自语着："我不愿意走，我就想待在这儿。"这是真正的告别，使听的人绝望。医生说：还有半年这孩子就将死。医生总是把等待死亡这块沉重的大石压在世界心上。

　　你终于看到了一种相同的东西：都是小男孩，都患了绝症，都无忧无虑地面对死亡，都被大人们感伤、无奈的目光包围得紧紧的（成人们的目光充满失败感）。

　　你想起他时，他竟有不死的生动模样。他掏出件奇怪的东西给你看，像某个机器的部件。你没见过那东西，他告诉你是从医院捡来的，他常去医院，他的胖是因为打激素的缘故，他有白血病。告完你这些，他在等你惊讶，而后自豪地再重复一遍，这些都是真的。

　　你在生活的间隙就常看到他，百无聊赖地看着地面游走，追一只鸡或把一枚死蝉揣进口袋。你看到他时，总会想，他就要死

184

了，可他不知道你与他打招呼，开玩笑。他高兴地同你讲很多事。说他舅舅会武术，把别人的牙打掉过。他的笑声像个小女孩的笑，清脆。你在陪他笑过后就又想抽泣。

你总在想逃开他，因你常忍不住想告诉他，他将死了，知不知道？想看到他哭一次，骂一次，骂这个世界，骂虚伪的大人。你想看他实实在在恨一次生活，别带着微笑和纯真去死，千万！那将像一场欺骗，将把世界的心揉得更碎。

他在楼门口等着你，想用一张邮票换回你原来对他的情感，想说会儿话，或让你讲一些关于蛐蛐的知识。

你接过邮票时，他高兴地拍了一下你的手掌，一时你决心抛开很多怨恨（对世界的）来安慰他，你有了责任。交谈时，你被他无忧的笑和纯真的眼神一再感动。你继而发觉他是幸福的，该同情的是大家。

他躺在了床上，好像本该这样，没有消沉。你去看他，他依旧对你笑。你一时觉得没有什么可安慰的，不如继续谈一只蛐蛐的历险。你看到他乏力地睡着了。那一刻，你才意识到，他把渴望埋得很深。他比任何人想象的都坚强，他确实知道死。

你没参加最后的告别。他死了，你有可怕的轻松感。你还看到许多人脸上都露出了轻松。你恍惚觉得他早知道了这些，他一直轻视牵挂。

你现在依旧不愿想起这事，不是有什么惭愧，还谈不上做错了什么。是那些纠缠不清的自问，你无力回答。

自问自答（一）

"访名山大川，遇一庄严寺院，随意步入大雄宝殿，正赶上做法事，善男信女跪了一地，虔诚膜拜。此时你站着不合适，却又不想跪下且不能退回，该怎么办？"

"……蹲下，蹲下。与下跪的人高矮相当，又没下跪之实。当然此刻不能站着，站着会被众人目光拦腰斩断。蹲下既不使自己消失，又不使自己显露。"

"坐公共汽车，无意间发现一小偷正伸手摸一人的钱包，很逼真，很惊讶，很慌乱地抬头，看小偷身后有三五个大汉正怒视你，震慑你。此时你若管了便免不了受皮肉之苦，乃至献出生命；不管则良心过不去，回家怕照镜子。该怎么办？"

"……咳嗽！我大声咳嗽。这咳嗽有两种含义：一是暗示小偷，你别干了，有人看见了，他如能放手，这事儿就算较完满地解决了。再是提醒被偷的人，注意点身后有动静，那人一警觉，小偷自然会放手。当然，这咳嗽该是那种带喊叫似的咳嗽。"

"你没想过，放跑了小偷，会有更多的人受害吗？"

"抓小偷我能力不够，再说，每个人都只对所见的坏事负责，就很不错了。"

"走夜路，遇一歹徒对一女子施暴。女子挣扎喊救命，此时左右无二人，只你一个，怎么办？你正要上前搭救，忽听到歹徒冲天放自制火枪，又怎么办？"

"……先喊，如不管用，就往那儿扔土块（不能扔石头，怕误伤女子）。"

"那歹徒火起，拎枪向你追来。"

"这是个好结果，先是那女子有了逃跑的机会，再就是我也有了逃跑的借口。"

"你们俩都跑了，可歹徒没跑。他等来了第二个女子，威逼得手。而且这女子与你有关系。"

"是谁？"

"你发誓非她不要的恋人。"

"别这么残酷好不好，不要用情感来伤害智慧。这不可能……你先等会儿，我去给她打个电话。"

自问自答（二）

假如把你的一生缩短成一年的话，你将怎样度过这三百六十五天？

先是夜里不睡觉，去尽可能去的地方看看。

只是看吗？

当然不！好玩的地方玩玩，唱歌，喝酒（但不能醉）。

思想吗？

不！没时间。什么都不往心里去，不生气，不仇恨，也不能爱（我是说不能陷入爱中，那将占去很多时间）。

交朋友？

不交朋友，没时间分辨他们好坏，没时间加深感情。

读书吗？

只读一部童话，那可以帮助生活。

对名利有什么想法？

别对只有一年生命的人提这问题！名字与短暂的生活没太大关系。要利干什么，那不是很费心吗？有钱时把钱给没钱的人，没钱去乞讨。

在短暂的一年中该极尽享乐？吃好？住好？

不必要。只吃两类食物，新奇的和可口的。最好住在旷野。应该体会什么叫冷和饥饿，当然也要体验温饱。

想参加会议，并且发言吗？

不想。可以看两分钟，绝不能再长。

去为别人做点什么吗？

碰到了就做，碰不到不去找。没时间当侠客，当然也没时间当坏人。

信仰什么吗？

什么都信，这样轻松点，干吗不呢？

想给这个世界留下点什么吗？

想留的太多，不知世界是否接受。

会哭吗？还有笑？

想哭就哭，想笑就笑。

别人会不喜欢你的。

我原谅他们。

现在把这一年时间还原为一生，条件是你必须按刚才所说的去做。

我拒绝，那延长的将全是苦难，没别的。

就自己去

一部分文人该是失意者的代称吧？写作是一桩剥夺快乐的事情。前一段总写回忆的文字，写多了回忆变得索然无味。我近十几年从未写过日记，那像一种活过的证据，最好别有证据。

什么也不写时就看着窗外发呆：树一点也不动，外边也许很热，我不知道，我关着门窗。

六期《读书》那些人的文章该在书中滚了一生才作得出来的。他们的感觉像是把书拿来读，然后再写一部书，那部书我读过。我更爱读其中一些回忆性的文字，有情的，有事的，骂人的，不骂人的。最怕训话，盖一生读过就忘之故。

我愿把自己看成经验主义者。我大多数所言来自自己的经验。腰疼过，怎样的疼法。也有读过就卖的时候，转述不清，以几个人名来壮声威，像是在替别人读书。不爱读哲学，也不爱引用大师的语录，不是不想引用，是记不住，每有会意，过眼即忘。哲学部头太大，啃不完，啃完不得滋味。想这世界，一万言说不清，一言也说不清，何不走个近路，得一言而说不清可也。

190

有经验的时候就要犯错误了，每每这样。尤其在写诗中，得一经验，便死命贯彻，写出些经验的影子，诗不知在哪儿。于是有了经验也放在一边，不去贯彻，让其成为直觉，当用则用。

　　把自己想成个普通人，自己就不一样了。去山上种地，住在大殿里，外边什么也不知道，总盼着三顿饭来，然后歇着，然后想事，看鸟飞。河南二年，我几乎是这样。现在没有这机会了，心在山林，身在闹市。我最终会去山里住，就自己去，去相看两不厌。

书中自有

　　口袋里没钱时，最不敢去的地方是书店。怕碰到一部好书，怕那好书的价钱恰恰又贵，怕那种悄然将书放回去的无奈灰了一天的情绪，怕晚上睡着了还想那书，怕那书卖完了，最后还是第二天急急地跑了去，花钱买下来，才得安宁。遗憾是口袋里沉甸甸的时候不多，而买书之心又不死，于是总不免尴尬。

　　外地朋友到北京来常要买书。他们把长期的欲望集攒到一起，买起来很是大度。挥洒出去，一摞摞地抱回来，只是上火车前犯犯愁而已。羡慕他们那个城市的书店不是很多，羡慕他们不必在买与不买前踟蹰犹豫，不似我三天两头便要病一回。

　　书买多了，读是个问题。古人有"学富五车"之说。五车书有多少，用现在卡车装五车书，三辈子也读不完，不妨开图书馆了。五手推车也不是小数，我可能只有三四手推车。学问不到家，书也不是都读过，有些只是翻翻，相信开卷有益这话。德国的批评家本雅明，一生藏书，有时不惜变卖家产。当有人问他读了多少藏书，他说："不到十分之一。"他随即反问："难道你每天都用你的塞弗勒瓷器吗?"这话回答得挺是那么回事,我常借用此话来回答妻子的责难。

书店跑多了,倒跑出些门道来。读前辈们的散文中,常有"淘旧书"之事,某年某月于琉璃厂购得某书,大多版本古稀。现在旧书也有,却不是轻易淘得起的,没有三五百块钱,不敢问价。但北京有几家旧书店的折价书却极合人意,书是新书,只是多年积压,折价销售。跑多了,在那些书店买了不少的好书,价钱便宜,心里很是平衡。

就在我上下班的路上,这个月新开了一家"明光书店"。书店未开之际,我就隔着那门往里张望,书目繁多,再问工作人员,知道书价也折扣。开业那天我本早去了十多分钟,不想已有二十余人先我等候。这实在所料不及,等书店开门的情况确实不多。两个小时选了六十多本书,其中《资治通鉴》《红楼梦(三家评本)》都是精装,只用了三十元钱。钱花得少,书买得多,一天都觉得太阳辉煌。以后每天路过都要进去看一趟。这里的书较杂,但绝不乏好书,且店内人极和善,常向读者荐些好书。写这段文字并不是做广告,实在是按捺不住,告众书友此地可以祛病也。

"爱书吧!"不知这是谁说的话,对爱者不必这等唱经般地诵过去,对不爱者说也没用,写完后觉得此文也如是。

正午的黑暗

五月三十一日下午，像往常一样，我在房间里看书，总听见门轻轻地响着，像是有人来，出去看了几次，没有。那声音太像一禾静静地走过来了。他总是那样，轻轻地推门，轻轻地坐下，轻轻地说话，做着一些简单的手势。他的目光慢慢地渗透你，带你去他的《大海》。

整个下午，总是觉得他在走进来，盼着他走进来。

得知他病倒是在五月十五日的晚上。走进那座熟悉的院门敲过门后，出来开门的不是常见的那位保姆，是一禾的姐姐。"一禾住院了，情况很不好。"随后，她讲着一禾在十三日晚上的情况。我听着，只是不断重复着一句话："前几天晚上他还在我家。"这是强加给我们的一个事实，听完后，我感觉到我的血似乎慢慢流尽，情绪坏极了。

青年诗人海子去世后，一禾更经常地来我这儿，他的悲伤无法掩饰，他不断地谈着海子的往事，亲人般地为海子的丧事奔忙着。得到海子死讯的那天，我恰恰收到了《草原》杂志，那上面发表了我代约的海子最后完成的几首短抒情诗，人去诗在，更添一番悲愁。晚上到一禾那里，相对无言时，深觉他的周围已被哀愁布满。

"我的那本诗集暂时不出了，要千方百计把海子的诗集出来。"我知道这句话的分量，我相信每一个诗人都知道这话的分量。那些日子，他无法睡着，他说："总觉得海子没有死。"

从山海关办完海子的丧事回来，他风尘仆仆地走进我家，身上头上落满尘土。他细细地讲着经过，他的倦意与悲伤是那样重。他神圣的情意光辉使我感动。

在处理了海子的大部分遗稿后，我和一禾参加了几位诗人的聚会，他不断地喝酒，几乎不吃饭菜，怕他醉时，已经劝不住了。夜里送他回甘家口的新家时，他说："我要这样，海子死后我太沉重了，我要把这些吐出去。"

海子死了，一禾用友情和艺术家的良知，完成着他的人格。海子的死及丧事，遗稿的处理，使一禾加快地走向五月三十一日。

在写这些文字时，我反复放喜多郎超然的孤独音乐。听这些乐章我能看到一禾在对面看着我，他的话语在耳边萦绕。与一禾相识，最初的惊异是他可以把新旧约的原文背出来。他能够精辟地说出自己的理论，尤善谈对长诗结构的设想。他善辩但绝无霸气。一禾把更多的时间用在写作和看书上边，每次去看他，他总是在那张桌子前，无一例外地在写。他的学问如一座很结实的台基，我感觉到他拼着性命在台基上立着什么。他完成了四千余行的长诗《大海》及上万行长短不一的抒情诗，他应了自己的那句话，"像诗一样活着"。

五月十六日，刘湛秋、唐晓渡、麦琪和我在天坛医院的走廊，不断地询问着一禾可能的结果。我走进病房，一禾平静地躺在床上，一种安宁从床上浮升起来，他是那样的平和、松弛，像海最静的时候。我在心里呼唤他，没有回声。

六月一日上午，西川打来了电话，当"坏消息"这三个字刚一说出，我知道，一禾走了，他走了。

在我穿着一件黑色的衣衫把这些文字写完时，夜在衣衫的外面重重地包围了我，原本就有的孤独此时更深。

婚前婚后

穿一胡同，偶听一老婆婆望着一对相拥而过的恋人甩出句话来："结婚前搂得越紧，结婚后打得越凶。"话一出，由不得你不驻足而立，崇敬地看一眼老婆婆，或以为她老人家原是哲学系、社会学系的高才生。

老婆婆见我看着她，就反问我："小伙子，你说是不是？"茫然间，想出句话回了她："您是过来人，您最清楚。"回过话就走，怕老人家有十句精彩的话冲我来。

走着想着，觉得老婆婆的话该有七八分道理。从几方面想，似都能说通。情感像是有一定限量的燃料，烧得越旺灭得越快，改句古诗叫"两情若是久长时，就不能朝朝暮暮"。本来就是劣质煤，结婚前都烧光了，结婚后还有什么可烧的。再从伦理学方面看，婚前是恋人，婚后是夫妻。名称不同，性质不同，关键是归属问题解决了。一颗红心不可再做六种准备，从今往后一心一意过日子，谁也不必再对谁做戏、演讲、献媚、隐忍、说甜话假话，于是就有此后的大开打、全武行。

不过，再想一下，老婆婆的话似不能反过来说。"结婚前坐怀不乱的，结婚后必如胶似漆。"听着也不对，现在少见那种一脸冰霜去领结婚证的。

那么到底婚前婚后该怎样？想不清。想不清就急急往回走，再想找老婆婆，找不着了，沮丧而回。想起句古诗来，"只在此山中，云深不知处"，以为奥妙之极。

卡通的未来

结了婚有房子，有了房子生孩子，生了孩子换房子，房子里边有桌子，桌子上有本子，本子里边有条子，条子上写着：爸爸，提醒我十七点四十五分看《变形金刚》。是女儿的手谕，她此时在自己的房里写功课。我小时没看过几部卡通片，有限的几部后来再看时，觉得好像不是原来看的那部了，或者说不像我脑子里重演的那部。注定了要我来补卡通课，每天女儿看时，我要被迫在旁边补习（不看也行，要去厨房帮妻择菜，我宁可接受卡通教育）。

由此，我不完整地看过《非凡的公主希瑞》《变形金刚》《忍者神龟》《圣斗士星矢》等。我曾请教过女儿："这都是什么时代的故事？"答："未来世界，就是很久很久以后。"得了答案我就想，再过千年百年科学那么发达了，高级得变汽车、飞机、大炮（比孙悟空变得多），还要疯狂地打来打去，整日不休，好像比现在的世界还乱，还糟，还坏人当道，好人受难，那这世界还有什么希望？科学还有什么意义？不变也罢。像过去行侠之人，独来独往，最多用刀用剑杀出血来，让人认得出谁是好汉谁是英雄，一人做出许多惊天动地的大事。不似海湾战争，电钮一按，飞机一飞，结束了，投降了（永远啊武器）。不似。

我不是个悲观论者，就冲小时受的教育，也不该蜕变成悲观论者。不过我确实对未来认识得不多，如果更具体更形象就是来自这类卡通片。我每看一集就会对未来产生一分失望（当然，那也许并不是真的未来，但女儿们确实比我们离未来更近一些）。我突然想写一封信，告诉某人，让武器停止。想想该告诉谁，好像又无从告起，上帝、释迦牟尼、孔子、老子存在几千年了，没用，他们也没让什么停止过。谁也不能。不能。

我突然想今天不让未来在我的房子里表演打斗，现在是十七点四十五分，我不提醒女儿，我准备主动去厨房择菜。

老鼠学校

我还能说是上过学的（确实上过学），我还能说上学时成绩不错（确实不错）。不过反过头来想，上学学的东西，能用上的不多（要不就是应该很多，而被我忘了）。上学教我写作文的方法，后来从不按那方法写；上学学的某些课文，到生活中去后，发现不是那样（不是生活错了，就是课文错了）。

女儿在上学（小学三年级），每讲新课前要预习生字，一个生字的预习项目包括拼音、部首、笔画、笔顺、字义、组词等（这实在是抢字典的活儿）。算术作业除横式、竖式外还要写计算步骤。还有很多莫名其妙的要求（如每星期抄一遍《准则十五条》）。我曾鼓励女儿不按老师的要求做，她不敢，尊师敬道。我没能统计过，女儿现在所学，将来到底多少能用。总有很多东西是一时有用一辈子没用的（一时或只是考试一时），可别说什么解惑、悟道了。

昨天看卡通片《老鼠学校》，鼠先生教老鼠的功课目的明确，就是为了生存。考试项目也非常有趣：一、如何避开捕鼠器；

二、如何从冷柜中偷奶酪；三、在猫身上挂铃。充分发挥自己的聪明才智，面对生存。

女儿要长大，要学洗衣服、做饭、讨价还价、吵嘴、服侍老人、安抚丈夫、挣工资、在人群中做人，要哭，要不哭，要隐忍，要发脾气，要孝敬父母，要打扮自己、学习谈吐，要会挤公共汽车、走夜路，要注意冷暖、做女红，要买《育儿大全》、换尿布、擦屁股、跳舞、唱卡拉OK，要干的事太多太多了，学校不负责教这些。她们可能再没有机会上山下乡，战天斗地喊口号，写血书，说大话了。除了学习外，她们很少接触别的。我不能说我三年级时都能干什么了，这对她们不公平。

我突然想提议学校来一种竞赛（提议太多，不过我只有提议的份），其中包括去自由市场买菜（又便宜又好）；去幼儿园倒尿盆（不怕脏）；从某地到某地换乘公共汽车（省钱，快为先）；给一棵白菜、四两面做中午饭。完全像老鼠学校，学些极不似学问但可能有效、受益终生的东西。

黑白剪辑

　　我曾幻想过一个场景：一借尸还魂的古人，走在现代的街上，走进电影院，看见那些真人样的影子，在一块白布上演着感天动地的故事，他会怎样地激动和害怕。不管演着什么片子，他或有短暂的进入天国的感觉吧，再或者，他以为自己摸到了个梦。

　　想不起第一次看电影的情景，怎么想脑子里也没有。问别的人，说也不记得。说看过什么电影都有记忆，第一次看电影的感觉没有了。对电影已没有了惊讶和敬畏，它太普通了，像手里拎着的暖壶，是日常生活的一部分。这大概是现在人对电影的看法。

　　又问他对露天电影有记忆吗，那种满天星斗下，人山人海，正反两面都能看的电影。说有，只是很淡，淡得说不出什么来。他与我同龄，他实在不是我聊电影的知己。

　　想平生看得最多的电影就是露天电影，看过什么片子记不全，但那场景不忘。

先是有人来楼群的中间立杆子，挂幕。这时不管是上午还是中午必有小孩子，从家里抱着个凳子抢出门来，找一个好而又好的位子坐下，准备着要把一白天的兴奋都交给那张空银幕。挂完幕，工人走了。空场子，给一个楼群带来想不到的充实。大人把一些高兴传递出来，他们见面时笑，重复着一个说了一天的电影名。那时最怕的两件事是：下雨，停电。

天黑了，人多了，电影机运来了。拉线，装机，这时人的头都向后看，装机人的手上，有成百上千的目光，他像个传道的人布置着讲坛，那种傲慢的严肃有点煞有介事。

对光（俗称对片子）是开演前的一个高潮，白光打在幕上，高的人影印上去，一些孩子站起来，伸出手编织动物。偶有夜行的蝙蝠飞进光；翅膀在天幕上飘摇。很多人扔起帽子，零乱的黑影在大幕上表演……电影还没开始，此地已被幸福包围。

终于开演了，片头和字幕，然后是故事，对白的声音在楼群中回荡，倘这时你能跳出这场景，想象着从高处俯瞰，你会对这一千多人（或更多人）的集会觉出温暖……

这都是小时的记忆，这记忆在现在的城市不好再找回来。楼群还在，人家比原来更整齐，想看点故事再没那么复杂，把电视机打开，各家看各家的。看到精彩的地方没人和你交流，再听不到几千人同声的悲泣和笑声。你不必再为停电下雨占位子担忧，你来得容易，你也少了那种偶尔的让人惦念的露天电影所带来的特殊愉悦。

电影还在拍，据说电影院很少有人去了。昨天在电视里，看到有些电影院的后几排已打扮成了一种爱情的角落，那感觉使人觉出"电影院"三个字有点文不对题。

不敢想有人会同意把电影放到露天中去演的提议，不过我想与其那电影千辛万苦地拍出来没人看，不如遍地开花地做一次义演的壮举，大野地里敞开放，按相声里的话是"最不及闹个脸熟"。先把人争取过来，再说别的。否则不进入视线（骂都没有），于电影来说还有比这大的悲剧吗？

面　具

　　面具，小时叫"花儿脸"，三五毛钱，买一个戴在脸上，有股浓浓的纸浆味。戴上它说话，声音传不出去，闷闷的，像大人。从两个眼孔往外望，平日看见的东西都会有些改变：沙堆——高山，鸡群——敌阵，胯下竹马追风，身后雄兵百万……见人就喊一句"来将通名"。倘有性情中孩儿，也正读过《说岳》《水浒》《小八义》，自会放马过来，舞动手中尺五扫帚苗与你对打。嘴里除要发出兵器交接的声音外，还要不时地哇哇大叫，以壮军威。倘若来将功夫十分了得，你苦战不敌，倒也不必真如败将似的落荒而逃，只需架开他的兵器，把"花脸儿"摘了，说句"我不玩了"，这仗也就一下子止了，没有分晓。你摘了面具，退出了角色，败的是那个假人物假脸，你还是二蛮、大宝、三水子。那样的面具，是个可以跳出跳入、来来回回的通道。

　　我有的一个花脸儿，背后印了三个字——常遇春，至今不知他是哪部戏里的人物，也不知他是个大英雄，还是个平庸之辈。脸是张忠厚的红脸，三块瓦，有髯口。现在想他大概武功平平，因我顶着他的英名去攻城略地，常陷入尴尬，几次中人枪剑，连"我不玩了"都来不及喊。

1971 年，到北大荒已经两年了，想回家，不让回。打来电报也不让回。就跑。

跑了，再回去就难，说要斗，要劳改。现在想，那时听了这话也不怕。人还小，不到十八岁，没什么怕的。人家告诉你要斗争，你觉得那事离你挺远，像"人总要死的"那句话一样远。就在北京玩，学会了照相，自己洗相片，为同学们服务。像你见过的所有的十七八岁人那样，过着最积极、最不知所以的日子。

终于回去了，脸皮很厚地钻进了原来安放你行李的帐篷。睡了一天后，被押进了一个没有墙的茅草棚，那时有两句歌词"天当房，地当床"颇与你境况合。想在星月下睡觉的机会真是很少，那些日子深刻体会了——星座之变换，朽木之磷火，明月之盈亏，夜兽之幽目……诸多孤单中的美妙。大自然对你的安抚深广而透彻（话是这么说，再睡的心并没有）。

要斗争了。押上台的一刻，知道这事就在了眼前，不应也得应。看见很多熟悉的脸对着你，他们挥手臂，口号此起彼伏。你有了一丝的悲凉，那时的感觉，像后来听到的两句戏词："兜头的凉水，怀里抱着冰。"有人开始读大批判稿，说的那人是你，你听着那些文字，对自己更加陌生。在文字行进的间歇，同院同校的王胖喊了句打倒你的口号。你们一起长大的，你们一起撒尿和泥，一起拼刀斗鸡，他前天还抽了你半盒阿尔巴尼亚烟……

你想起了你们小时玩的战争游戏，想起那个常遇春。你真想这时能有一个花脸儿，能让你当着所有的人的面摘下来说："我不玩了。"然后，大摇大摆走下台去坐在王胖旁边，和他们一起喊口号——打倒常遇春!!你这么想着摸了一下脸，脸上常遇春不在，你的皮上有汗，还有别的咸涩的东西。

平生只有那么一次挨斗，后来劳改的日子稍长些。这点小事原不值一叙，由花脸儿而想到这，也是个偶然。那之后，曾告给自己——面具不好戴进生活中来，你扮的角色，没法重新来过，"我不玩了"别人并不会答应。这也算一个少年人遇事后的一点心得吧。其实，现在看，这心得也不能算有什么"得"——面具不好戴进生活中来，也不尽然。王胖当年不就戴了抽烟和喊口号两副脸来吗。

第四辑

席 梦 思

人艺的老演员们在台上演出过一组"吆喝"，都学的是老北京市井中的叫卖。其中有的我听过，有的没听过。没听过的有两种，我听了一遍就记住了。一种是干净利落脆的"驴肉！"。这吆喝没有音乐辅助，就用喊"别动！"的那股劲儿喊出来就行；还有就是悠长回转的"硬面——饽饽"，这吆喝声长，够上一句腔了。大体记下谱子该是"516——16——11"，换完气后的"饽饽"很重要，嘴皮上下一碰，气一冲，出来得清晰、简捷，像一个有胜气力的人，最后一叹，有凄凉、无奈的感觉。

小时家住真武庙附近，常有小贩担着担子，吆喝而过。最喜欢一黑衣老者，担一副担子喊："破烂儿换取灯——啊！"那"啊"是停顿的"啊"，不是感叹的那种，很像京剧唱之前的叫板。黑衣老者不光换取灯，也换泥人、风车什么的。我最想换的是江米小碗儿，比酒瓶盖大点，里边装点果子酱，一个牙膏皮换俩儿，用钱买一分钱一个。买回来慢慢把果子酱吃了，再把小碗儿吃了，手上就空了。一分钱买了份很大的享受。

有的行当现在已不见了，像锔锅锔碗的（现在人家中摔碎了东西都像很高兴，说一句"碎碎平安"，一扫一倒，听垃圾道轰隆一声，那碎碗再被摔得更碎一些）。记不得他们怎么吆喝了，最爱看他们干活。把一只裂成两半的碗分别钻上几个小孔（用最简单的皮条木杆钻），钻孔时，吱吱地响。然后用两边有钩的铜钉一连，就锔上了。再抹点石膏之类的东西，一试不漏，挺神的。我曾想，找几件被锔过的盆碗摆书柜里，肯定中看。找不着，又想碰到锔碗的，弄个好盆摔两半了让他锔，锔碗的也没有了，只好将此心空悬着。

"文革"中无课可上，在院子里疯玩，放鸡、打乒乓球、追鸽子。有时爬到楼顶上去，抓一把豆石子，在行人身上扔。每天中午十二点一过，就有一个修鞋的到院子里来，用极纯正的普通话念出来"修理皮鞋、布鞋"。他不吆喝，像广播员一样地念。念过几遍就在楼下的阴凉地上找两块红砖当枕头，躺下睡觉。好像每天他不是来这儿修鞋，而是来睡觉的。我没事儿时就看他睡觉，他睡前总要说一句："在我的席梦思上睡会儿。"有一次，我问他："什么是席梦思？"他笑话我："白住洋楼，连席梦思都不知道。记住了，那是弹簧床！"他嘲笑过我之后，我就挺恨他的。有一天，他睡着了，我和邻居孩子接了一盆水，从四楼泼下去，他像那种上刑晕过去的人一样被惊醒。我们躲在窗台下，以为他会大骂。好久没动静，偷偷看时，发现他收拾着东西，走了。

修鞋的后来就没有来过，听院里的家属老太太们聊天，说他被打死了，他是个前清大少爷。我后来一听到"席梦思"这个词，就想起他。我欠他几句骂、一盆水。

吆喝几乎没有了，剩下的也已喊不成腔调。收破烂的有时在一幢楼前，把报纸、书本、酒瓶一摊，自有人将破烂送下楼来。街上的摊贩大多不喊，写块错别字连篇的牌子"糖炒粟子，四块一斤"。然后就有人问价有人买。街上还吆喝的是新疆卖羊肉串的："来呀！来呀！亲爱的朋友……"（我想要用标准普通话念出来，卖醋合适。）你走过去如不买，他们就有一串新疆话跟过来，我怀疑是不是在骂我。

这两天中秋节要到了，对面副食店把月饼全搬到大棚中来卖，用两个大音箱，放一盒磁带，早八点至晚八点，我耳边就是"只要你过得比我好……""世上只有妈妈好……个宝……棵草"。我将所有门窗关闭，没用。那些歌千辛万苦冲破障碍，温柔到你耳畔。有次我到了大棚前极平和地说："整天放这盒曲子，烦不烦。""喔，不花钱听歌还烦呢?!"一想人家说的也对，不花钱听了音乐，凭什么烦？不过——"我想花钱不听歌，行吗?"这回她想了会儿说："臭贫什么?"

现在大街上放音乐的大多都与买卖有关，一个电声可能抵上一百个人吆喝，不过再放你也不知道他是卖什么的，有时也不想知道。

路　戏

　　假如你在旷野中踽踽而行，假如你万分地空落、孤独，假如你是个小人物想引起大天大地的注意，假如你恰恰会两段宽广舒缓的唱腔，你就唱，往看得见的远处，放嗓子唱。碰到一个高音就冲冲地顶上去，拖住，哪怕路不走了，气不喘了，也要让它尽了兴，唱。一个人唱时，天地草木的脸都缓了，亲亲的，像认识你。

　　报上说，唱歌可健身延寿，可舒缓神经，助消化，加强心脏功能，维持内分泌平衡。根据之一是，歌唱家大多长寿（把娱乐之一种列入养生之道，是这些年的时尚，如老年迪斯科，其实迪斯科已不存在，唯剩老年矣）。不知此消息会不会招致遍地歌声的宏大场面。如真会这样，想我们早晨将在歌声中醒来，在歌声中走出家门，骑上自行车，唱着歌去上班，大家见面以宣叙调打招呼，做报告发言唱咏叹调（中间改变调性，呈示展开再现层次分明）；谈恋爱用小夜曲，舒伯特、托赛里、《五哥放羊》；失恋了唱《穿上戏装》《偷洒一滴泪》《女人善变》《三十里铺》《苦菜花》《杜十娘怒沉百宝箱》；唱《坐宫》《杀惜》《文昭关》《上天台》。让歌声遍布人间，大家长寿，心脏坚强，内分泌平稳，消化极佳，性欲亢奋，长生不死。自小球藻、红茶菌、打鸡血、喝海宝、甩手、鹤翔桩、喝凉水、气功、迪斯科之后，来个歌唱疗法，那时真真要国无宁日了。

我不是个歌唱反对者，这点认识我的人都可以做证。我也不是个歌唱疗法的反对者，因十几年来，每当坐车傍晚过厂桥，总看见一老者对着车水马龙、仓皇行人大唱京戏（老生，宗高派，《逍遥津》是其拿手）。这五年我调了工作，已不再走那条路了，昨天偶过，依然听他引吭高歌，中气之足，贯一条街。这真是一个长生的佐证。

唱歌确实可以助人身体，但唱歌就是唱歌，别扯到养生中去。一扯进去，歌、唱就都没有了，养生焉附。

"路戏"这词，是我在河南农村时，老乡告诉我的。大概意思是说，有那么一路人，总是一边走一边唱，在路上就是个唱。对这种人老乡无褒贬，以为是一种人吧。

说这话那天，下着小雨，我和本队的农民在公路边上挖沟。雨绵而不觉，更像雾霭。空气清凉，直透丹田，呼吸一畅就想唱两句。边挖土边唱，唱刚学的河南梆子，大声唱，用半生不熟的河南话。路上的行人就看我，笑我。不在乎，高兴呢！唱完一段，再唱一段（想唱外国歌，觉得不合适，在北大荒能唱，那儿有白桦树、雪爬犁、唱俄罗斯民歌有感觉）。队里的农民就鼓励我，说："这娃腔（嗓子）大。""城里人不怕，想唱就唱呢！"

我就唱，把一个人在那儿插队的苦闷全忘了，大声唱比哭还痛快。

唱着，路上来一大汉，走远路的，背着个小铺盖。看我唱，他就不走了，站着听了会儿，找个间断，他突地唱起来。好大嗓，曲折的段子，站在路上旁若无人。社员们都停了活儿在沟里抬眼看看他。真是个悲段子，事后知道是河南曲剧《陈三两爬堂》。听得社员们沉默。唱完后，大家都鼓掌，像开联欢会一样，只是不笑。有人让他下沟喝口水，他下来喝了。问他去哪儿，说去蔡店给人烧窑。夸他唱得好，他笑笑，笑完一抹嘴，说要赶路，走呢。就上路走了，一个大身架子往落日里头走。

他走后我就没再唱，其他社员开始低声哼唱，是大汉刚才的旋律。

我至今想不起那个调调来，一想就看见大汉站在路上，望着天边唱。那调调已独属大汉所有，除大汉谁也唱不像。觉得大汉该有个什么故事，恋爱悲剧什么的，具体不起来。我旁边挖土的五爷说："是个苦人，看得出，一般唱路戏的该是个欢乐的性子，他是苦人。"

再没听到那么好的唱，掏心的唱，舞台上的不行，只有声音。当然好声音也一样感人，不过那已不一样了。

黄　伯

　　秋天一到，地上的光就斜了。在街上走，看到自己长长的身影像是竭力去救一片落叶。风吹过，树冠摇动的响声清脆干燥，那情景由不得你未进家门就想着冬衣是否安然。

　　秋再深时，这个城市就见不到绿了，离城不远的西山有很多的红叶，被游人张大了眼睛看着掉下来。那时从天而降就再不是雨，是悄然无声的雪了。雪下来时，我手上会有一副手套，头上顶着帽子。我依旧骑车，迎着风雪，将脸让给它们，打过了左边打右边。

　　黄伯先是在刚有些泛黄的草坪中午休，继而在落叶深处，昨天路过时已见他在一油桶改制的炉子边烤火。堆满废纸塑料的破单车立在那儿。黄伯不知姓什么，叫他黄伯，是因为他浑身的黄颜色（灰头土脸，加一身不辨本色的衣裳）。他占据的那块街坪秋天似来得更早。

　　我从未与他攀谈过，也从未听他发出过声音，不知是否有残疾。有一次，他从一家卤煮火烧店中走出来，腰很直，眼睛与我

217

一对，那中间的世故风云像是深不可测。

黄伯有家没有也不知道，晚上路过那街时并不见他的车，但有时又看到他在那里守着炉火做饭。炉子旁摆着盐罐子和一只洁净的碗，炉上的锅与寻常人家的锅一样，冒着热气发出食物的香味。黄伯在喧闹的车水马龙之外，筹措着他的晚餐。那时我冒出个念头：是他的烦恼多，还是我的多？

天再晚时，黄伯并不在那儿，我经过几次，没见过他，他该是有家的。有几个他不愿打扰的儿女，有一张破旧的床和放床的小屋，只是到睡觉时，他才回去。他从不关心电视节目、吸尘器、摩丝发胶什么的。他的烦恼只在天气和食物上，这烦恼与我们的祖先"山顶洞人"相差不多，这烦恼该比从他身旁经过的路人单纯得多呢。

见不到黄伯是上月的事。那天天气好极了，像阳春三月。黄伯没有在那个街坪上午睡或烤火，他的那辆车也不在。他常待的地方像是睁大了眼睛在等他。过了几天仍不见他，街上车马如常流动着，只是黄伯不在的那片空落没有什么可以去填补。

终于，有一个雪天，我进了那家卤煮火烧店。吃完饭，我佯作随意地问了黄伯的消息。柜台内的老者只回了我一句："他享福去了！"

出了店门，我一直在想：这话是说黄伯死了，还是说他活得好了？

庭　　训

一九六七年，年底某晚，母亲让我去给关在"牛棚"中的父亲送一只暖瓶和些零星用品。我不愿去，可无以推卸。

一路慢慢地走，呆看星空，希望那个地点永不会到达。街灯所剩无几。一个胆怯的人，更愿靠着黑暗走，拎着左手的暖瓶和右手的网袋，一个时时想往回走的人。

是幢老楼，在父亲机关的角落（该与农舍中牛棚的位置相仿）。那种弹簧门的声音会使整个楼道发出回响。以为没人，探头望去，一位老伯正在昏黄的白炽灯下细致地拖着地。认识的江伯伯，此时无法称呼。犹豫后便坚定地在他新拖的地上走过去，干净的地上必有脚印，必使他再重新拖一遍。

在写着"文攻武卫"的门口，站住，敲门。是一个白脸的瘦子，认识，父亲科里的，曾帮我们搬家。此时只作不认识。

"什么事?"

"给邹××送点东西。"（直呼父名，人伦关系称谓是忌讳的。）

219

"……先看看两边的标语。"

标语分别写着"坦白从宽，抗拒从严"和"坚决实行无产阶级专政"。我至今想不通，他们为什么让我先看标语，我一直以为我还不到看标语的程度。也许他们习惯这样，把习惯错加在一个十四岁男孩子的身上了。

"知道你父亲的问题吗？"

"……还不知道。"

"他不仅是反动权威，还是个隐藏了多年的大特务，态度不好，极狡猾。"

"……"

"待会儿他来了，你要好好教训他几句，早交代早宽大，不交代死路一条。"

原以为放下东西，由他们转交，可以免见父亲一面。现在看来，不但要见，还要说些什么。说什么呢？要喊打倒再踏上一只脚什么的吗？

父亲被叫来了，苍老了许多，洗旧了的制服、蓝帽子。进了门像没有看到我，径直站在白脸面前。

"邹××，你家属来看你了。"

此时我已落座，身边堆着带来的东西。父亲转身，对着我，有无奈的恭敬。我几乎站起，几乎说出很儿女的话。没说，忍住了。

平时父亲很少教训我，一是他长年在现场搞设计，二是实在没什么好教训的。我从小独立惯了，自己在一间房内动静。最多

220

他看我迷恋某样东西时，会说一句：玩物丧志。

真是没有什么话可说，此时让你说话，像逼迫你在千万人之前撒尿一样，难堪。但话要说，白脸要求这样。我说了。

"……你要好好交代……"

父亲诚惶诚恐地点了下头。

"……你要努力改造……"

又点了下头，因这两句话，我们彼此陌生起来。他是谁？我又是谁？他也不再是说"玩物丧志"的那个父亲了，而我也不是生活中的"弟弟"了。

只说了两句，我想用沉默来结束，逃离这场会面。父亲也在沉默中等着。他可能在极力找话，但终于没有什么可以说出来。

白脸以辉煌的叫喊打破了僵局，父亲此时可以把身子转向他了。我也因此可以站起来，以一只"准牛"的身份，和父亲摆出一个姿势，直到叫喊结束。

出来后的夜空并没有轻松，我为我最终的屈服深觉羞辱。"可以不说"，这是我当时想的；"可以说别的"，这也是我当时想的；"可以放下东西就走"，这是个智者说的；"可以反抗，打白脸一耳光"，这是平安时代的英雄说的；"可以说"，这是我当了父亲后认识到的。

父亲从没提起过这件事，当我有一次谈及时，他说，他忘了。

条　幅

　　小时候父亲常年不在家，他整年地在云南个旧锡业公司负责设计工程。

　　父亲一回家就要到春节了，好像总是早上很早的火车。我一睁眼时，看父亲已在从提包中掏一些东西。一双皮鞋或一双球鞋，是给我的，很大，从未合过脚，等穿坏了也许刚好合适。

　　父亲查看功课时很认真，翻所有的作业本来看，看期末成绩。之后，我会拣出几张我画的画儿给他看，大多是学画徐悲鸿大师的马或雄鸡什么的。记得有一张雄鸡因需要白色，而我一时没有，便用了半管牙膏来涂。那画儿凑近了看时就有一股留兰香味传来，父亲并不知用的是牙膏，只说了声"好"。

　　春节已近，父亲找个星期天，带我走三里路到公主坟商场去买了几管毛笔和一些高粱纸。我一直以为写毛笔字要用高粱纸，宣纸是后来很久才知道的。现在想来，买高粱纸的缘故是它便宜还可用。

　　纸买回来了，裁成合适的条幅，写字。我在旁边看父亲研墨，直直的一块墨转来转去，要转很久，墨才可研好。这期间父亲专心看一册《毛主席诗词》，而后将那白纸注视良久，把笔蘸了又蘸，一写起来就全神贯注了。父亲的字很工稳，如其人。写完一条要端详一阵，告我哪儿没写好，哪儿气断了。

写多了卷在一起不是个长久的办法。父亲有天就把里屋那扇门擦洗干净。我忙着端水拧抹布，但不知干什么。那阵子正值三年困难时期，粮食很紧（正上小学的我，曾饿得游魂般地在厨房翻找东西），父亲还是狠了狠心用白面调了糨糊（那时我吃过糨糊，那东西如再加点盐该是极美的食品），先刷水，再刷糨糊，在那扇门上裱起字来。字裱得不很平整，不过，终归是裱过的，那些字便像是有了家。

裱好后，找画轴可是难事了。家里没有木料，有木料也没有人会做。父亲想想，就找了根擀面杖卷纸筒。卷好纸筒又去楼下的建筑工地铲回些沙子，灌进纸筒，两头封好。沉沉的，把条幅拉得很直，挂在墙上别有一番简朴之趣。

那些字就一直挂在了墙上，我最早看熟的诗词，该是"风雨送春归……""北国风光……"几首。

"文革"抄家，把那些条幅摘了下来，纸筒割破，造反派很觉兴奋，像发现了宝藏，努力地把那些沙子一粒粒数过了，没有金子也没有电台在里边。他们逼问父亲为什么在纸卷中灌沙子，父亲语塞，一时竟不知如何回答。

"文革"之后，父亲于七十余岁时退休了，每天在家写字，偶尔拿到研究院去比赛，极受推崇，被拿去裱好展览，再送了回来，挂在墙上。我看那些条幅，总觉没有被毁的几幅好，也许是那几幅之中有太多太远的故事吧。

钢　琴

　　现在做父母的可怜，对儿女奢望太高，三四岁的孩子，都买一把小提琴来让孩子"杀鸡"，父母再凶神恶煞般地"杀孩子"。终日杀来杀去，有几个孩子可杀出重围，杀向梅纽因、帕格尼尼的。不杀吧，又不甘心，万一误了一个奥依斯特拉岂不悔死。

　　不过，现在的孩子也奇了，能干什么、爱干什么总是看不出来，整日整日地卡通片看下去，对其他并不热心。

　　小时我住的楼房有两户人家有钢琴，一户中的男孩年龄与我相仿，得过小儿麻痹，走路有些摇，其他均好。他母亲据说与明星张瑞芳是同学，很能弹几下钢琴，并拿捏着嗓子唱些歌。她唱歌是很怕人的，我曾为躲她的歌声而到壁柜中去出汗。有次路过她家阳台（她家住一楼），看她扶着门正唱《阳关三叠》，满眼的惆怅在悬崖边要落下来似的，其情使我木木地站了好一会儿。她儿子虽跛，但因钢琴或母亲的缘故，在我们全区的少年红五月歌咏比赛中，担当指挥。我很服气，因他家有钢琴，母亲又会唱。但每次上台下边会有议论，那些不知他身世的人，只看到了他跛，而不知钢琴和其他。

还有一个女孩子，比我小，家里不但有琴且能弹。我觉得她弹得很妙，叮叮咚咚的，如有一天听不到便觉奇怪。她很漂亮，出来玩的时候不多，偶尔出来也只是看我们玩。看着我们开心，她也笑。那女孩子总像另外世界的人——白雪公主、海的女儿什么的。每次见到她我都会表现得过于兴奋。

有次她终于加入我们之中玩一种叫"攻城"的游戏。这游戏就是画两个大方块当城，两方人攻来攻去，很有点粗野。我那天极卖力，左冲右突推倒几人后，一下子把她也推倒了。夏天穿着裙子，膝盖就被擦破了，伤口上流出了血与脏土混在一起。我很慌，那是打碎心爱之物的慌和惋惜。她弯着腰，看了看伤，抬起头来对我笑笑，而后回家去了。那天晚上我真怕听不到她弹琴的声音，怕那是因为白天的腿伤。还好，琴叮咚地响了，响得和以往没什么不同。以后的几天她膝盖上涂着大片的红药水。我挺怨自己，就再不愿正面遇到她。

"文革"中，他们两家的钢琴像是同一天被造反派抬走的。歌声和琴声就再没有听见，那个小女孩好像也再没有见过。

女　儿　们

女儿一天天地不喝水，我指的是那种纯粹的不加任何东西的白水。女儿喝汽水或吃西瓜，最不济喝果汁兑的水。女儿认为喝白开水很没有味道。

女儿们缺少苦难，我很久以来这么想。她们从没有为食物发过愁，而她们的父辈在十九世纪六十年代上小学时，曾在梦中走进厨房，想寻找比梦更美好的食物来填充夜晚。女儿们缺少饥饿带给她们的幻觉和向往。女儿们的成长被很多双眼睛注视着，她们缺少寂寞带来的充实，她们看电视的时间比读书的时间长得多。她们长得挺大了也没有勇气过马路，放学后，她们在校园的门口等父母接她们回家。

女儿们很少为父母的愁苦而伤心，她们不必因父亲游街而一年一年地躲在家里不出去；她们不再敏感、惊恐、自治；她们在游戏时以自我为中心，会赖皮；女儿们很少看见月底父母为钱而发愁的表情；女儿们幸福而可怜地成长着，她们的脆弱是注定了的。

227

我希望有什么苦难来改造女儿，我曾梦想过有一天我死去，让她陷入不幸中，让她比常人多很多磨难。想到这儿，我内心充满了牺牲精神。我还梦想把她送到很远的山里去，像《悲惨世界》中的柯赛特一样受尽苦难、虐待，磨炼成一个坚强的人。我甚至想过有一天夫妻离异了，她失去很多爱而变得成熟。这些梦想都没能实现，女儿却一天天长大了，我时时注意到她，她将离我的想法很远。

　　苦难已变成了奢侈品，我没有能力将苦难加进她的生活（也许这原因在我），这些女儿们她们将长成什么样啊！

墨　环

　　读《京剧谈往录》，许多文章中提到梅兰芳早年眼睛近视，后来养了鸽子，每每那双眼睛被鸽翅带至蓝天白云。后来眼睛就好了，上台亮相，目光叩人心扉。

　　我想这么好的治近视秘方并未被人重视，不见电视广告、报纸广告、《卫生与生活》登出。原因或有多种：先是眼镜公司反对，再者眼科大夫反对，眼药厂反对，还有就是市容管理部门反对（那么多近视都养鸽子，估计就见不到太阳了）。因有这么多的反对，这秘方就不会流行起来。若真要一试也不必太急，先去信鸽协会咨询一下，所有会员是否均不戴眼镜，如确实，不妨一试，或真可变成千里眼，也未可知。

　　我没有眼病，也不近视，不知是否与小时养过鸽子有关。我不是很正式的养鸽子，前后两次都是因同院小孩的家里不让养，才拿到我们家来的。第一次是两只点子，就是全身白，头上有一黑点的那种。我把它俩装在一木箱里，放在阳台上，偷抓了红豆、绿豆来喂它们。那只雄鸽总是在叫，看书上形容鸽子叫是

"咕……咕"，其实没这么单纯，应该更复杂更粗壮些。鸽子来到生地方要先蹲房，待熟了四周情况才能放飞。我就让它们在阳台上活动，走来走去，极讨好地对待它们，喂水、洗澡。一星期后，去楼下放，那只母鸽在楼顶盘旋了一圈，而后落在对面的楼顶上，静静站立，没有一点儿回家的意思。我急忙跑回家，拿着那只捆了翅膀的雄鸽来回晃动，想引母鸽回巢。母鸽视而不见，到了下午仍旧没有回来的意思。我甚至连中午饭也没吃，一直等着她回来。想来想去不知她有什么不满意的，竟对这个新家、这个老丈夫没有一丝留恋。

最担心的事儿出现了，头顶飞来一群鸽子，有二十多只，戴着哨，像一支威武的舰队。那只母鸽像看到来接她的仪仗般，悠悠而起，被那群鸽子三裹两裹就带走了。这等鸽子，竟如那水性杨花的女人一般，管自私奔了。

我终于结束了有史以来第一次失败的放飞，那只留下的雄鸽叫得更紧了，平添了一种寂寞与凄凉。

不久，雄鸽被转送给了另外的小孩，我很快又接收了一对墨环，是那种浑身白，脖子有一圈黑的鸽子。这是一对小鸽子，惊恐、单薄，叫声还是"吱……吱"的，很可爱。我们怕弄脏了它的羽毛，总是戴着手套抓它。用嘴嚼烂了绿豆，让它们的小嘴在我们嘴里吃食。那种疼爱，动人极了。

鸽子大了点，拿下楼去，一放它就飞回来，再拿远点一放，又飞回来了。每次放鸽子，都有一群小孩儿跟着，很隆重很出风头的感觉。其实，最远也只拿出去过一千多米，这是最不怎样的了，可是我们还是很高兴。

鸽子养了有半年后，送我鸽子的那小孩要去陕北插队，有天他找我说想把那两只鸽子卖了，他缺钱（他父母被关起来了，说是"特嫌"）。我半天没说什么，谁知会卖给什么样的人，墨环像两个单纯的兄妹，如果卖给一个老油条，再转卖，把它们的翅膀都拔了，不给吃饭，用脏手抓它们，它们会怎么想。

他说他要买一双回力牌球鞋，临走送给他弟弟。他弟弟就一人在北京了，他想留点东西。还有什么好说呢？我上楼把两只鸽子抓了下来，用两块手绢把它们绑好。那鸽子还在伸嘴往我的嘴边够，它们不知道要分离了，被卖给别的人。我嚼了好多绿豆，嘴对嘴地喂给了它们俩。我哭了，但小鸽子不知道这些。

我嘱咐那伙伴，别把它们卖给倒鸽子的，最好卖给小孩。他想让我跟他一起去，我没去。

鸽子说是卖给了一个跟我们差不多的孩子，卖了七块钱。还不能给他弟买一双鞋，我们俩又各自找了点儿牙膏皮、书什么的，终于把钱凑够了。

他走那天，在火车站和他弟弟哭得很伤心，使我几天来想墨环的心缓解了。

没有鸽子的阳台，像一个失去了婴儿的摇篮，空空地停着。地上偶能发现它留下的一根羽毛，看久了会变成一只盯着你看的小红眼睛。我决心再也不养鸽子了，它们太牵动人心。

过了有一个月，一天下午，有个小孩突然跑来告诉我："楼顶上有只鸽子，像是你的墨环。"我赶忙跑到阳台上，抬头一看，

231

真是我的墨环，身上很脏，疲惫地看着我。

我赶紧叫它，它艰难地抬起翅膀，落进我的怀里。它薄得像一张纸，身体不停地抖动着，翅膀上有血，它的前胸、嗓子被气枪打开了个洞。我忍不住了，我不知道它是怎么回来的，它并没有记恨我，它只是要回来，把这比生命看得还重。我把它放下时，它慢慢地走回那只木箱，静静地闭起眼睛。

我真怕它会死去，马上找来了红药水、针线，把脖子上的洞缝上了。然后，给它喝加了白糖的水，用嘴嚼烂了红豆喂它。它吃了几口，然后，很累地闭上眼睛。

飞回来的这只是雄鸽，我不知那只母鸽是死是活。从雄鸽的身上我能看到，那买鸽子的人拔过它的翅膀，在它逃飞后曾用枪打过它。它带着伤在这个巨大的城市找了四五天，没有吃喝，被雨水浇，在最后的时刻才找到家。

我没有办法再把那只小母鸽找回来，让我们三个再去过最初的生活。雄鸽一天天好起来，有一天它终于又叫了。它开始单独地飞出去，有时一上午都见不到它的踪影，我不能跟随它，我想它可能去寻找那只小母鸽了。

转眼，我要去北大荒，我不知怎样来安置墨环。我不能再把它卖了，也不愿把它送人，家里又没有人能养它，我真不知该怎么办好。我想把它带走，又一想，这一去漂泊不定，又怎么能保护住一只鸽子呢？我希望墨环能找到一种它喜欢的生活，飞走吧！去喜欢的地方别回来了。它还是每天出去很久，然后，总要回来。

真要走了，我没有安置它的办法，就买了一盆玉米粒放在阳台上，然后，打了一桶水搁在旁边，让它自己生存吧。那时我父亲被关着，我不能再把一只鸽子交代给原本很伤心的母亲。

一去一年半，再回北京，鸽子已没有了，那些玉米还有很多。母亲说："你走了不久，鸽子就没再回来，它像在到处找你。"

六只兔子

　　友人曾讲过他女儿的一件趣事：有一天，他买了只活鸡回来，当然是为了吃了。女儿见了，十分爱抚，理毛、喂食、与之私语。研究一番后，突然站起来说："爸爸，咱们把它杀了吧！"做父亲的一惊，原以为鸡杀不成了呢。于是杀鸡，女儿在一旁看得很仔细，并没有半点伤感。

　　这是因为鸡不是她自己养的缘故，否则这鸡该能活下来。

　　现在的小孩不大有养什么的可能了。先是城市规定不让养动物。再后来养什么不大管了，报纸、广播又常告诉你养鸽子会传染疾病，养猫会过敏，吓得你什么也不敢养了。我不知道养过小动物的心态与未养过小动物的心态会有什么不同。也许，养过小动物的人更富感情，爱和平，不吃肉（或不吃某类的肉）。如果真这样倒好了，就不必开什么裁军会议了，每个人养一种动物，世界将没有战争。

　　我养过几种动物，不是因了寂寞或为了玩，说出来煞风景，养它们为了吃。

最早养的是兔子。三年困难时期，我刚上小学。父亲抱回一只小兔子，长毛、红眼睛，可爱。这只兔子由我们兄妹几人一起养，那时没有菜叶可喂它，只有去拔草、采树叶。冬天没草时就去翻垃圾箱找菜头。兔子也吃纸，在它饿急了时，能一张张地吃报纸，像个政治家。

这只兔子挺惨，在生了窝小兔没几天就病死了。内行人说是吃了带露水的草，长了口疮。母兔死时，小兔的眼睛还没睁开。看着一窝惨景，我们兄妹不知如何才好。我们先把小兔从阳台移进屋内，用一些棉花围住它们。奶奶找了个奶瓶，在一听代乳粉前犹豫了很久，最后，还是用那些不像奶的糊糊来喂小兔了（代乳粉，现已不见，困难时期每个婴儿的配给品，是各种淀粉的混合物吧）。小兔居然很猛烈地吸吮那些糊糊，一只一只，一共六只，靠着几听极珍贵的代乳粉活下来了。我们兄妹争着喂它们，像一些甜蜜的父母。

小兔长大了，能吃草了，能被人吃了。

父亲是根据一本书上的介绍来准备杀兔子的，用重物猛击其后脑。剥皮的方法也来自同一本书，如何将四爪钉在木板上，如何动刀等。我记得那本书上有一兔子的解剖图，图上画着一只布满了血管和内脏的兔子。

凡养过兔子的孩子们开始反对杀兔子，妹妹大哭大闹，大有代兔子而死的豪情。我们的理由是：兔子是我们养的，别人无权碰它，无权杀它、吃它。我在反对派中是最软弱的一个，我只是对杀兔子的方法表示不满，希望能温和些让它死去。

反对没有任何作用，父亲在哥哥的协助下，先后杀了三只兔子。妹妹已哭成了泪人，并几次冲向刑场，大喊口号什么的（由那儿我感到女子比男子之坚定是与生俱来的，无论是爱情还是革命）。

我们养的兔子被他们吃了（因我们拒绝吃兔子，说得更清楚些，我只拒绝了前两只，而第三只开始加入大灰狼的行列。我的理由是：不吃白不吃，带着仇恨吃，多吃）。在吃兔子与保护兔子的斗争中，最后是胜负各半。由于妹妹的过激行动（绝食），"吃派"妥协了，留下的三只兔子一直长到很大后，送给了别人，从那后，家里就没再养过兔子。

蝈　　蝈

　　蝈蝈从草丛中飞出，惊得你一愣。想按住它该很容易，只是怕按伤了，蹑手蹑脚地过去，扑，跑了。翅膀张开，像朵飞翔的花。

　　我曾抓过很多蚱蜢，蝈蝈只抓到过一只，不叫。大人告诉我是母的。后来它跑到了床底下，再没踪影。因它不叫，也不知是跑了还是死了。

　　北京城每年七月后，有骑着自行车载满了蝈蝈的贩子沿街叫卖。每年的价钱不同，最早几分钱一个，现在要七毛钱才能买到。买只翅膀张开了正叫的蝈蝈回家，像买了片山野回家一样，那东西什么时候叫，都让你心里绿一下，喝的茶里也多了份清香。

　　每天喂点青葱或黄瓜，最容易找的是西瓜皮，切一条，送进去，它便抱着吃。嘴两边的须子动来动去，像摆弄一副餐具。吃完了就叫，那声音比城里的蝉多了些谦卑、平和，轻轻地让你惦记。

去年买的蝈蝈叫得最勤，一个月下来，身上的皮色已紫红发亮。这之前养过的蝈蝈都在深秋时死在笼子里了，那景象分外凄凉，似一名坐死在牢狱中的囚犯，笼子里装满了秋风和萧瑟。

再不想这样，于是拿了笼子，带着女儿去紫竹院放生。到公园拆了那笼儿，蝈蝈竟伏在我手上不动。挥之亦不去，死死地抓着你，像个胆怯的孩子。女儿找了棵草，让它伏在上边，牵着它在公园的草坪中走来走去。它没有一点离开的意思，即使放在草地上，它爬两下又回到女儿脚下。我们就这么带着它走遍了公园，惹得游客都看，疑惑那蝈蝈怎么不走。

公园转遍了，也没有找到合适的地方放走它，也许是它不愿走。将出园门，我和女儿都不愿把它带回去，就走进树丛围拢的草地，把它放下来。它蹦了几下在一棵草上叫了，很满意的样子。我和女儿走了。那之后，很像有个朋友离开的感觉，惦念了几天，想它终归要死，也就坦然。

今年，又买了一只蝈蝈，只是买的一刻叫了几声，就再没叫过。疑是个母的，又不是。就这么静静地悬在那里，像个张开了的嘴，今年夏天便很安静。蝈蝈也会变吗？会寂寞？会闹情绪？得忧郁症？会觉悟？也许再不该买蝈蝈了，它们不喜欢这样。

一九九一年三月二日下午三点的阳光

好天气、好情绪总能碰到好朋友。中午去楼下喝杯啤酒，碰上老板送个好菜"炒豌豆尖"。大家谈诗，谈得硝烟弥漫，转而谈海湾战争，谈真正的硝烟。两点多钟，在好阳光下骑车回家，走到半路就想脱点衣裳，又觉无从脱起，就出汗，把手套摘下来，感觉春天要来了。

常走的那条河岸上总有人在相处、相拥、相吻，严冬时也如此，像雪地里开出的花。

德胜门东南角，河边上，有十几个人在放风筝。放风筝的人在看天，看放风筝的人也看天。

一个男人在河边的柳树下打女人，啪的一下，打完了两个人在三月的阳光下对视。由不得你不停车，喊叫两声。那女人从很高的音中哭出一声来，边哭边骂："你才傻瓜呢，大早上起来就折腾人！"女人一哭，男的就站着不动，像在想谁是真的傻瓜。是两口子打架，我骑上车，冲他们喊："打吧！打离婚了算！"这是劝架的最好语言，他们会为"离婚"这个词冷静下来，或团结一致对我。

再看到一个摆地卖野药的，光着膀子在喊，走着威武的方步，手里举着药，突地一转身将一块砖拍在胸上，粉碎。我真想劝他别在北京卖药，那么多人都公费医疗，连捡破烂的都从垃圾箱里捡药吃，没人买药。

有一条最近的路，我一直不再走了，是那所医院的北边。原来不知道，只是看见有戴孝的苦主从一个门里拥出来，哭，以为是这户人家死了人。再过几天又看见从这门里哭出人来，还没多想，只觉得惨啊，刚死一个又死一个。第三次从这儿过，再看到有哭出来的，心里就犯了猜疑：怎么老是他们家死人啊？再一想，不对啊，每次哭的人都不一样，想出二十米路，就明白了——这是医院的太平间。知道是太平间，就不再走那条路了。

接近三点二十分时，我已骑到了四道口。这个道口每次过火车，要放杆下来，几十年了，路宽了，车多了，道口没变。此时的阳光，像降下了无数条虫子，在我身上爬。

看见常在农贸市场上转的一个呆傻女人，携一位六十岁左右的老者往草丛中走。那女的胖极了，四十岁的样子，整天在农贸市场和商店转，有时牵着个男孩，长得极端正的男孩，给那男孩买东西吃，很温暖的情态（真不知她怎么会有那么好的儿子）。那老者被她引进南墙的阳光下面，老者穿一件涤卡干部服，只是很脏了。戴了顶蓝帽子，也很脏。她帮老者摘掉衣服上的一根草棍，然后抱住老者，让老者吻她。老者眼睛看着远方做了那件事，她很幸福的样子，脏脸上泛出光彩。

当时我惊讶也感动，阳光对人是极其公平的，尤其在这对人身上更加温暖。爱这东西普及到所有能够感觉到她的人身上。傻女人对阳光的反应那样真实而敏感，她能使整个闹市消失。她比正常人感觉得准确、纯粹和坚定。只有正常人才会在那么好的阳光下，男女之间相互打嘴巴。

清凉五泄

　　泄，指瀑布。五泄即五条瀑布，在浙江诸暨县境内，山林幽闲，游人不多，是真风景。人不多可能是进山要穿过水库坐一段船之故，不像车来车去的人可蜂拥而至。

　　近年总有机会出门游，常去那有人而无风景处，也常发觉无人而真风景处。得出结论：有人便无风景，无人才有风景。有时不必远，选一傍晚，找西山一荒僻处坐至星出，被清风一洗，心内便澄明了不少。

　　此次去五泄，下午才进山，一行人慢慢走，慢慢听树上的鸟鸣。静极时，对山狠狠地喊一声，像是把很深的浊气，换成绿绿的山岚，清爽痛快。

　　正逢水大的时候，看急迫的水势，听着金属般的声音，竟觉得滚滚而去的时间与自己没关系，一任流泻，什么也不想，什么也止不住心内的宁静越来越深下去。在偶尔的几个游人走了后，水的声音像更大更丰沛。一片片的凉气扑过来，雾一般的潮气已将你浸透。

242

转身下山，水声没有一丝的改变，仔细一想，真风景确实不是为演给人看的，日夜如此，即使对再知情的游客也是一样。

就决定在山中住一夜了。等到天暗下来，先是那些藏满了小径的林子，浓黑得闭紧了，浅浅地走进去，感觉树林里已是极黑的夜，一下子觉得黑夜不是从天上覆盖下来的，像是从地上长起的。

退出来时，四围的山悄悄拢过来，夜空无云，两三点星在山峰左右，有一颗亮亮的，像是近至山腰。

就坐在一小桥上，呆呆地看那颗星星，呼吸着山林中松弛下来的清冷。那星被越看越近，像是穿过了你的头发，轻抚你的周身。再看时就觉得它是亿万年等在这里要与你相望的眼睛。

再没有那种持久的对望能使人清澈的了。就看着，几乎流出泪来。

坐久了，山气从身体中穿流，唯一的水无声而过，闭上眼睛，一块石头溶化。

幽幽五塔寺

　　如今大都市，想找到一架木桥实非易事了，我曾找到一架。出北京动物园北门有一小小的木桥，横在不太宽的高粱河上，勉强可以行人、推车。

　　过了这桥就是五塔寺。

　　冬日不宜游，但冬天游玩又别有滋味。正是三九的一天，午后无风，我到了五塔寺。说是寺庙，其实不见殿堂，也不见佛像法器诸物，说是大火烧过了。唯有金刚宝座上的五座石塔，参差而整齐地抱在一起，在高远的天空下，自成世界。

　　由闹市钻进这儿，自然有清凉、寂寞之感，脚步也就慢了下来，一步步在石子铺的甬路上听见自己的鞋声。金刚宝座也被慢慢放大，宝座上的浮雕水花般溅人眼睛，那些神佛各具神态，尤其几只刀法圆熟的白象，让人一看便缓缓踱进心里，念念不忘。

　　登上金刚台，尚未放眼，先有一片铃声从头上淋下，乍听就在身旁，再入神时，那铃声似自很久以前的时光中飘来，又向风中而去。此时，只觉身随铃声而远，不知将要落到哪里。

放眼时，远处的西山就在手旁。正是太阳要落未落时候，好大好圆好红的一轮夕阳，贴在山头，沉默而庄重。一队鸽子远远地飞进去，被红光罩得看不见一丝影，再飞出时，小小的身子似被火炼过了，披一身红霞。

这时我才留心到金刚台上只有我一人，台下也空无一人。冬日游，在宁静中得到充实，非身临其境不能体味。五百年前的古塔，使人感到时间的迟缓与厚重。我摸着塔身粗糙的岩石，心里一阵阵地泛暖。

正流连处，宝座下有人高叫："要关门了！"无奈回身望了一眼落日，数着铃声下了金刚台。

许是游兴未尽，我围着金刚台绕了一周，此时的五塔已将身躯钻入暮色，黑黑地映出五个剪影，远不可及了。

我站着，总觉得少了些什么？是那些铃声？这会儿竟听不到一声铃响，金刚宝座似被那门关成了个哑子。我忽有所悟，刚才在台上铃声哗然一片，正是与我絮语，此时却如人一样，萧萧然与我默默而别。

聚　会

许多人长大后是对小时候的一个否定。当然，也有一贯杰出和一贯顽劣的。

这两年我左右的人掀起了一股怀旧风潮，大家每个星期都在忙着见故人：北大荒的、中学的、同院的……上星期我见的是小学同学。人人都变了，已经有二十多年了，变得不敢认，或不似那个记忆中的某某了。再坐上一会儿，说上一会儿，又觉得谁也没怎么变，依然像小的时候，说话的样子和神态，就是！这又很可怕，想起"三岁看大"的老话，人的秉性是那么坚强，想改变它的决心时时都有，但时时都没有效果。二十多年还是个老样子，会不可怕吗？再一想二十多年人变好难，但一定是要变坏的，人大了童心泯灭，恶的东西为私的东西遍布全身。好一点的保持中立，不惩恶也不扬善，很世故的样子。再好一点，得了道将一颗爱心洒向人间，终于有些不一样。

小学同学相聚，又拿出八九岁的纯情来说笑，不必设防也不需攻坚，近四十岁的人多么需要这种纯情来清洗一下。再说从四十岁往回看，是自己看自己，有二十多人相互反观，就似乎更清楚，或说清洗得更干净。

聚了总要散，散了还想聚，那些时日再也回不去了，这使聚到有所悟时，就不想再聚了。

称　谓

　　贯华堂第五才子书《水浒传》，第一回写到洪太尉掀了那石碣，放出众魔后，金圣叹有几句批语："骇人之笔。他日有称我者，有称俺者，有称小可者，有称洒家者，有称我老爷者，皆是此句化开。"不知于他人如何，这批语于我深以为生动。用称谓来总结各类人物，感觉盈怀。

　　自称，我想也是一幅自画像。鲁智深如不自称"洒家"改称个平平的"我"字，这野猪林许会不那么热闹；桃花村赤条条坐销金帐又会少些乐趣。宋江别的称谓尚可敷衍，这"洒家"又是万万称不得的。

　　看旧小说称谓之多，有时令人混乱。幼时看《说唐》，对"足下"一词总弄不清是指自己，还是对方。后来才明白，是尊称，大多用于同辈人。不过我从字面上读这称谓总觉有不尊之感，足——下，像是谦称。

　　自称大多该与礼数有关，如不才、在下、小的、奴才、晚辈、罪臣、贱妾等。也有不大讲礼貌的，大爷我、本衙内、姑奶奶俺等，不讲礼的少。

丰富的自我称谓从什么时候变得越来越少了，搞不清楚，什么时候最多我也不知道。现在的文学作品中只用你、我、他（北京还用您），简单明了，不过又觉少了许多嘴脸（写不过《红楼梦》《水浒传》的原因之一，姑妄听之）。

自称少了就再多不起来了，倘你满嘴依旧足下、在下、不肖……轻则别人误以为你是梨园行的，有职业病；重了怕要给安定医院打电话。称谓少了，有时便觉得不够生动、解气，于是会在你、我、他之后加些坠词：我他妈的、你小子、他丫挺的。此时于礼无关，唯生动而已。

"文革"阶段，北京地区曾流行过一时"本人"的自称，把"我"字代替了。说本人睡过了、本人不同意、本人去厕所等，很流行。后来才渐渐不用。我想是太傲气之故，此后傲气大多变了丧气，便说不出口了。

最近接一学员来信，信中凡该写我处，都用自己的名字取代：看着月亮的李克说李克会成功的；李克刚二十岁；李克写了十首诗寄给你。我觉得挺新鲜，也感到他很自恋，像照着镜子给自己写信。我没有叫自己名字的感觉，梦里，梦外，与别人说话，或自语，都不大会自己叫自己。那天试着在心里叫了一句"邹静之你好"，觉得不好，长不大的感觉。

这之后又接到另外人的几封信，也是自己的名字写得满篇，有那种信投错了人的感觉，不知这会不会形成风气。自我称谓好像在离谦称越来越远，这似乎更真实了，不伪、不做，不过也似有谈起话来不投缘之感。什么更好，我还是说不清。

饿 一 饿

看着老人们为了让小孩子吃上一口饭而屋里屋外地追逐、劝说，总希望有个机会饿那些孩子们一段时间。不知道饥饿的人是不完全的。

我对饿有刻骨铭心的记忆。六十年代上小学时，脑子里总是出现食物。我曾经选择过一种办法来喝早上的玉米粥：把热的稀粥放在阳台上，等凉了，结成冻儿后再吃。那要显得稠些，在心理上对饿能抗拒得长些。

我吃过许多叫不上名的植物。马齿苋是最好的菜团子辅料；我曾率领几个小孩捋过"榆树钱儿"煮着吃（因为忘记放盐，吃出的是一股青味）。据说烧知了已经成了道名菜，且价格不低。我小时吃过，是用火烤着吃的。现在，我不会想去吃它，同是知了，但吃的心情不同，就像皇帝逛窑子和光棍逛窑子有不同的心情一样。

饥饿给我的最深印象是清醒，不困，不想闭眼，呆坐在床上，让饿的感觉减缓，慢慢消失。那时整个人很清新，像一汪透明的水。我有过夜晚在厨房游荡的经历，我没找到什么。什么也没有，那使忍受饥饿的决心坚定下来，得以入睡。饥饿可以使人聪明（这聪明的代价太高了），我不知是真是假。不过我坚信饥饿能使人的联想丰富起来，最起码对食物的联想会丰富。我曾对一个垃圾箱里的白菜头想过很多，它的切法、煮法和味道。这几乎使我捡回家去试一试。那时因营养不良，有的人家开始制作小球藻、红茶菌等一些奇怪的东西。

饥荒过后，我依旧对食物有极深的恋情，我多年来吃酥皮点心都用双手捧着，不舍放弃皮渣。

这两年我会无端地担心还会有饥饿再来，我的女儿辈许不会轻易逃过。那将使两代人成熟，安稳，放弃奢侈心。饥饿对人的教育太大了，它会使世界平静。

井

　　刚去北大荒，我对井有深深的畏惧。先是它太深，一块石子落下，要几秒钟才能传回声音来。屏息的几秒钟，你像跟随石子经历了飞行和溅落。井有三十多米，井上的辘轳也重，一大桶水我们两个人才能摇上来。桶要拴得简单而牢靠，光简单不行，常有桶掉进井里的事儿。拴复杂了，冬天（零下四十度）解铁链子手指会粘掉皮。倘对井喊会有神秘的声音传回来，感觉井该通向什么地方，像《木偶奇遇记》中墙上的那扇门。

　　井里该有水，如果没水，这井就死了，像睁着不动的枯眼睛。

　　总在想，井为什么会聚积那么多水，清凉甘甜。第一个造井的人是伯益（《说文解字》中有"古者伯益初作井"之说），此人该当得大伟人的称号。

　　天下的井是不是都一样（新疆的坎儿井其实是条暗渠）。井这个古字原来中间有一点，那点表示水呢，还是石子的声音？

　　为什么有投井这种死法，那一刹那会觉得撞开了一扇门？或想溶进水里，像粒盐化开，告诉人们一点滋味？在有限的范围中投井该是一种最有效果的死吧，因为水的缘故，他的死就和人人都有了关系。我亲眼见过投井的人，我深刻地感到了一种决心。嗵的一下，身体的冲撞使井壁震颤。竟没有一滴水从深井中溅出，那水滴要爬的高度，是地狱到天堂那么远。

一口井养出来的人都互称乡亲。喝一口井的水，在这么大的世界中，总该有什么能相通，可一样的水养不出一样的人。

没有井就留不住人家。坐火车过东北平原，看见田野中有个村庄，早上有人挑着桶从四处往一个方向走。

拉 沙 子

连着下了三天的雪，天地就白了。那情景像回到十几年前的北大荒，搭眼望去，除了白还是白，偶尔有一个人从远处走过来是个黑点，再近了是个大黑点。在雪地里走久了，眼睛发花，出现很多颜色，像梦中一只大灯对着眼睛照，什么也看不清，那叫雪盲。那时下乡的知青还得一种病叫夜盲，据说是营养不良之故。有的人家里寄来鱼肝油丸，就想起来吞两粒，该盲的还盲，不盲的人不吃也看得见。我不吃也不盲。那时夜里干的活挺多，拉沙子、拉砖，一冬天像是有备不完的料。

夜里拉沙子，车一进河套，关了大灯什么也看不见，哪儿有沙子、哪儿没沙子要下车去找。有夜盲症的人就要摸着雪地走，不小心掉进坑里，会被树杈扎伤。我眼睛好，能找到好沙子地。

拉沙子的活儿挺苦，想想那时也就十七岁，零下四十度的天气，坐在车厢里，车一开风就把全身的棉衣打透了。那种冷竟是哭都哭不出的冷。二十多公里的土路，快了也有四十多分钟，车到了找到沙就装，两个小伙子装三吨沙子，锹不停也要半个多小时，总盼着司机说"行了，关大厢"。关了大厢，身上的衬衣也汗透了，这时如再在车厢里坐下，那种冷比来时又加了一倍，风一透，贴身的衣服像冰一样。

那时最盼望能干完活钻进热被窝睡一觉，但每晚定额四趟，使人觉得苦海无边。

有一次实在太冷了，可能比死还冷吧！两个人商量好，拉完两趟就不干了。偷偷地溜回宿舍，走廊里有通讯员的两辆自行车，把它横放了过来，躺下就睡。过一会儿，司机来叫，被走廊里的车呼啦啦绊倒，摔得挺重，就算躲过去了。

最苦的一次是车陷在了河套里，出不来了，从夜里一点到凌晨，在寒冷中熬着。那种安安静静的冷，使人逐渐麻木，看到的星星又大又亮。那一夜现在想着挺美妙的，我像个散步者，走进很深的夜，在一座沙堆上还看到了一对狐狸的眼睛。我们三个人谁也不敢停下来，怕冻僵，就那么散了一夜的步。早上搭乘一辆拉沙子的车回了连队。

这三天的雪，把城里人高兴坏了，好多人在拍照，在玩雪。我想起装沙子来，如果它是种游戏的话，那它比什么都好玩。

图书在版编目（CIP）数据

人在江湖／邹静之著. — 北京：中国文史出版社，
2021.1

（中国专业作家作品典藏文库·邹静之卷）

ISBN 978 - 7 - 5205 - 2250 - 2

Ⅰ. ①人… Ⅱ. ①邹… Ⅲ. ①散文集 – 中国 – 当代
Ⅳ. ①I267

中国版本图书馆 CIP 数据核字（2020）第 172504 号

责任编辑：牟国煜　薛未未

出版发行：**中国文史出版社**

社　　址：北京市海淀区西八里庄路 69 号院　邮编：100142

电　　话：010 - 81136606　81136602　81136603（发行部）

传　　真：010 - 81136655

印　　装：北京新华印刷有限公司

经　　销：全国新华书店

开　　本：720×1020　1/16

印　　张：17　　　　字数：175 千字

版　　次：2021 年 1 月第 1 版

印　　次：2021 年 1 月第 1 次印刷

定　　价：59.80 元